O AGENTE DO IMPERADOR E
O DEDO DA MORTE

EDSON MIRANDA

# O Agente do Imperador e o Dedo da Morte

Linotipo
Digital

Copyright © Edson Antonio Miranda
Todos os direitos reservados

EDITORES: Laerte Lucas Zanetti e Luiz Márcio Betetto Scansani

COORDENAÇÃO DE PRODUÇÃO: Laerte Lucas Zanetti

CAPA E ILUSTRAÇÃO DE CAPA: Carol Rêgo

PREPARAÇÃO DE TEXTO: Nanete Neves e Luiz Márcio Betetto Scansani

REVISÕES: Luiz Márcio Betetto Scansani

Dados Internacionais de Catalogação na Publicação (CIP)
(Câmara Brasileira do Livro, SP, Brasil)

Miranda, Edson Antonio
   O Agente do imperador e o dedo da morte / Edson Antonio Miranda. — São Paulo : Linotipo Digital, 2015.

ISBN 978-85-65854-12-2

1. Literatura brasileira, Ficção e Contos Brasileiros I. Título.

| | |
|---|---|
| B869 | CDD - B869.3 |

Índices para catálogo sistemático:
1. Literatura Brasileira, Ficção e Contos Brasileiros   B869.3

Este livro segue as regras do Acordo Ortográfico da Língua Portuguesa, em vigor desde 01/01/2009.

Vedada a reprodução desta obra, por qualquer meio e sob qualquer forma, sem a autorização expressa e por escrito da editora.

2015
Todos os direitos desta edição reservados à
Linotipo Digital Editora e Livraria Ltda.
Rua Marconi, 107, sala 1009/1010
01047-000 - República - São Paulo, SP
www.linodigi.com.br - (11) 3256-5823

# PREFÁCIO

Sou fã da série do famoso agente 007. No final do ano de 2012, decidi escrever um romance de espionagem ambientado no Brasil.

Contudo, decidi dar asas à imaginação e criar um Brasil um pouco diferente do atual. Mantive na história o regime monárquico, como se não houvesse sido proclamada a República; no entanto, tomei a liberdade de criar novos integrantes da Família Imperial brasileira a partir da princesa Isabel, com a finalidade de proteger a imagem dos atuais sucessores.

Pareceu-me interessante imaginar como seria o Brasil como império nos tempos atuais, com um agente a serviço de Sua Majestade.

Assim, nas páginas seguintes começa nossa incrível saga do agente secreto do imperador brasileiro.

**Edson Miranda**

*Dedico este livro às pessoas mais importantes da minha vida: Cristiane, minha esposa, e minhas filhas, Mariana, Beatriz e Heloísa.*

Edson Miranda
São Paulo, dezembro de 2015.

# CAPÍTULO I

São Paulo, dia 16 de maio de 2016, meio da tarde de uma segunda-feira, um dia nublado, na biblioteca da Universidade Cole toda decorada no melhor estilo inglês, estava Reis lendo calmamente, quando foi interrompido pelo inspetor de alunos.

— Professor Reis, um telegrama para o senhor.

Reis pegou o telegrama da Imperial Companhia Brasileira de Correios e Telégrafos e o girou em seus dedos. Pensou por um instante. Ele sabia que, na era digital, não era mais comum receber telegramas. Contudo, intuía o que representava aquela correspondência. Pensou em jogar fora o telegrama, mas a curiosidade foi maior.

Abriu o impresso. Nele estava escrito um número de telefone e um código alfanumérico: PBO1822. Colocou-o aberto em sua frente sobre a escrivaninha, recuou a cadeira e suou frio.

Rapidamente, Reis saiu da biblioteca e dirigiu-se à praça da universidade, que ficava entre os prédios de tijolos vermelhos construídos no século XIX. Sentou-se num banco e digitou em seu aparelho celular o tal número do telefone e ouviu a seguinte mensagem: "Digite seu código de acesso".

Ele digitou o código trazido pelo telegrama e, a seguir, ouviu uma mensagem eletrônica: "Retorno imediato à ativa.

Esteja na Estação Central do Rio de Janeiro às 20 horas e aguarde".

Ao ouvir a mensagem, Reis olhou para seu relógio, um Omega Seamaster, e verificou que teria apenas três horas para chegar à Estação Central do Rio de Janeiro.

Nesse momento, ele viu seu colega professor Antonio Carlos aproximando-se da praça e o chamou:

— Toni, preciso da sua ajuda.

Antonio Carlos, um professor de seus quarenta e poucos anos, usando um sóbrio terno preto, com a gravata levemente solta e meio esbaforido, disse:

— Oi, Reis, não me diga que precisa ser substituído de novo. Não, não e não!

Reis sabia que isto era apenas um charminho do velho amigo de docência.

— Toni, é isto mesmo, mas é uma situação urgente. Vou ao Rio de Janeiro resolver um problema e volto em alguns dias.

Toni respondeu em tom de brincadeira:

— Reis, seu malandro, aí tem coisa, só pode ser mulher! Vê se sossega um pouco. Além do mais, tenho bancas para fazer, aulas para elaborar. Não, não e não!

Reis, insistiu:

— Amigo, só dessa vez, prometo que não te incomodo mais. Faça pela nossa amizade.

Toni, em tom sério, e a seguir rindo pelo canto da boca, disse:

— Ok! Reis, pela nossa amizade, mas só desta vez. Em 2005, você me pediu para substituí-lo por dois dias e só voltou em dois meses, lembra? E, ainda assim, retornou com os dois braços engessados. Aliás, é hora de me contar o que diabos você foi fazer em Angola no meio daquela confusão toda. Algum marido que te pegou no flagra?

Reis ajustou a gravata de Toni e disse:

— Amigão, obrigado.

E em seguida, Reis saiu em disparada, ouvindo Toni falar alto:

— É direito militar, mas qual é a matéria específica? Qual é a turma?

Tarde demais, Reis já havia saído pelo portão principal. Em segundos ele estava na rua Itambé, onde pegou um taxi, seguindo para a Estação Campo de Marte, de onde saía o trem-bala para o Rio de Janeiro. Como o Brasil desde o século XIX tinha a segunda maior rede ferroviária do mundo, perdendo apenas para os Estados Unidos, essa tendência prosseguiu por todo o século XX. O maior avanço se deu no início do século XXI, quando da inauguração do trem-bala que ligava a capital do império, a cidade de São de Paulo, à futura capital do império, em construção no centro-oeste do Brasil, que se chamaria Brasília, em cumprimento a uma profecia de São João Bosco e uma sugestão de José Bonifácio de Andrada e Silva, o Patriarca da Independência.

No caminho, Reis pensava como seu instinto não falhava. Ele pressentia que, em algum momento, seria chamado. Seus exercícios físicos regulares, as novas aulas de capoeira e os treinos no seu estande de tiros no subsolo da casa de campo em Campos do Jordão não tinham sido em vão.

Comprou o bilhete de primeira classe da composição que partiria às 18h30. Entrou no vagão e foi procurar seu assento. Olhou pela janela e o trem começou a se mover, logo pegando velocidade. Como não tinha nenhuma mulher bonita ao seu lado, decidiu tirar um breve cochilo. Não tão breve assim, pois, quando acordou, já estava na Estação Central do Rio de Janeiro.

O professor Reis levantou-se e esticou o colete de seu terno azul marinho impecável, passou a mão nos cabelos já grisalhos, olhou pela janela do trem e viu uma bela mulher aparentando trinta e poucos anos, loira, vestindo um *tailleur* preto, com uma silueta com boas curvas, para um bom piloto, como ele, percorrer.

Mas, logo ele pensou: *em primeiro lugar o dever.*

Ao descer do vagão, a bela moça veio ao seu encontro.

— Boa noite, agente Reis. O imperador e o primeiro--ministro o aguardam.

Preocupado, Reis levantou a sobrancelha esquerda.

— Boa noite. Pelo jeito a coisa é séria. Eu imagino o que você faz e onde trabalha, mas não tive a oportunidade de conhecê-la.

— Me chamo Jaqueline e sou agente nível 2, encarregada de levá-lo ao Paço Imperial. Já fui advertida de que você é um galanteador incorrigível.

— Com certeza foi o coronel Barroso quem lhe deu essa recomendação. E ele como está? Sorrindo como sempre? — respondeu Reis, rindo bastante.

— Você o conhece — disse a moça, sorrindo. Ele está sempre com pressa, tudo é urgente, ele não tem paciência alguma.

Os dois seguiram para a saída da estação, onde um carro preto de quatro portas com um motorista com cara nada simpática os aguardava, já com a porta traseira aberta. Seu semblante era algo próximo a uma rocha.

Jaqueline entrou imediatamente, e Reis deu a volta para entrar pelo lado esquerdo como faz todo homem elegante.

Já no automóvel, que seguia pela avenida Império do Brasil, Reis comentou baixo com Jaqueline.

— Simpático o motorista...

O motorista somente olhou para o espelho retrovisor interno, abaixou os óculos e disse:

— Se você não se lembra, a agente Lídia é minha filha. Eu conheço sua fama e pensei que tínhamos nos livrado de você.

Meio sem jeito, afinal tinha tido um *affair* com Lídia, mas sempre muito espirituoso, Reis disse:

— Eu sempre disse a Lídia que ela vinha de uma família de pessoas simpáticas. Eu não estava errado.

Logo Reis foi interrompido por Jaqueline, numa tentativa de desanuviar o ambiente pesado:

— Bom, Reis, você é famoso por aqui, nem tanto por suas qualidades, mas eu tenho de reconhecer que, para um agente aposentado, você está muito bem.

Reis era um homem com boa estatura, não era gordo nem magro, cabelos castanhos levemente grisalhos, olhos escuros como a noite e o rosto levemente quadrado. Primava pela elegância. E, mostrando que tinha bom-humor, logo respondeu sem pestanejar:

— Não sou velho, apenas seminovo.

Mas esse assunto logo morreu porque rapidamente chegaram ao destino, no largo do Carmo. O Paço Imperial mantinha suas características originais, um prédio em estilo colonial de três andares, com paredes brancas e portas na cor verde escuro, embora atualmente não fosse mais a sede do governo. Há algum tempo, passara a ser o Museu do Império, contudo, ainda conservava-se ali o gabinete do imperador; uma vez por semana, ele lá recebia cem pessoas do povo, para atendê-los. Era uma tradição mantida desde os tempos de Dom Pedro II.

Entraram pela porta lateral, onde o coronel Barroso os aguardava. De estatura baixa, cabelo liso e de óculos, trajava, na ocasião, roupas civis. Era o Chefe do Serviço Secreto Imperial, órgão subordinado diretamente ao primeiro-ministro.

Impaciente, quando a porta do veículo se abriu, Barroso já esbravejou:

— Vamos logo! Não podemos deixar o imperador e o primeiro- ministro esperando.

Esticando a mão para o cumprimento, o coronel foi logo explicando:

— Reis, temos uma situação crítica, que pode ameaçar a ordem no Brasil. O próprio primeiro-ministro irá lhe expor o problema que enfrentamos. Sua vinda aqui é obra do imperador. Dom Pedro IV insistiu que você fosse reintegrado ao Serviço Secreto Imperial. Com todo o respeito, eu fui contra.

Nesse momento, o professor levantou novamente sua sobrancelha esquerda, sacudiu a cabeça e continuou a ouvir o militar, que subia as escadas com sua pressa tradicional enquanto falava.

— Olha, Reis, você prestou grandes serviços ao império do Brasil, mas você é arredio demais, não gosta de ser comandado. Gosta de resolver as coisas do seu jeito e veja o que aconteceu em Angola! Foi enfrentar aquele bando de terroristas e ficou com os dois braços arrebentados, não aguardando a vinda da equipe de retaguarda. Eu disse, você não tem conserto, mas quem manda é o imperador. Vamos lá.

Ao chegarem ao andar superior, passaram pela revista da Guarda Imperial, atravessaram a sala do secretário particular e ingressaram no gabinete do imperador.

Era uma sala esplêndida, com decoração do século XIX. No centro havia um conjunto de estofados vermelhos e molduras douradas. Na poltrona, estava o imperador Dom Pedro IV. Já com seus setenta e poucos anos, muito parecido com seu trisavô, Dom Pedro II, exceto por não gostar de canja de galinha. Fora isso, ambos tinham gosto pela ciência e pela tecnologia, bem como pela preservação do meio ambiente. Além, é claro, de usarem barba.

Dom Pedro IV usava uma casaca com as condecorações no peito e a faixa imperial atravessada em seu corpo. O primeiro-ministro, Felipe Humberto Cordeiro, também usava casaca. Sinal de que haveria alguma importante cerimônia à noite.

Logo ao entrar no gabinete, Reis comentou em tom baixo de voz e rindo:

— Se eu soubesse que era uma recepção de gala, teria vindo com os trajes adequados.

O coronel Barroso fez reverência ao imperador e retrucou também em cochicho:

— Reis, comporte-se! Você não tem jeito.

Nesse momento, o imperador veio ao encontro de Reis, o que não era comum, contrariando completamente o cerimonial imperial.

— Reis, meu amigo, acabei com sua aposentadoria!

Após fazer sua reverência ao imperador, Reis aceitou seu caloroso aperto de mão.

— Majestade, eu estou à sua disposição, sempre.

— E como está o professor Romeu? — perguntou o imperador. — Grande sujeito. Admiro muito a cultura dele. Adorei conhecê-lo quando visitei a Universidade Cole na última vez.

— Ele está bem e não imagina a minha verdadeira profissão.

— Sente-se. — O imperador indicou uma das poltronas.

Em seguida, o primeiro-ministro seguiu em direção a um aparador, acima do qual havia um quadro de Benedito Calixto retratando o Porto de Santos. Ele abriu uma caixa e dentro dela havia um painel. Apertou dois botões e pegou uma espécie de controle remoto. Em seguida, a sala escureceu e o quadro subiu, deixando aparecer uma grande tela de TV de *led*, na qual surgiu um mapa da bacia de Santos e diversas imagens de plataformas, helicópteros e dados técnicos.

O primeiro-ministro, um homem com quase oitenta anos, sociólogo famoso, ex-professor da Universidade Imperial de

São Paulo, que muito havia feito pelo Brasil nos últimos anos, tomou a palavra.

— Reis, na noite do dia 13 de maio, um helicóptero da Companhia Petrolífera do Brasil saiu da plataforma Santos-15 e desapareceu. A Marinha Imperial não encontrou destroços. E o operador de radar da plataforma disse que, simplesmente, o helicóptero sumiu quando se aproximava do nível do mar, após se desviar de sua rota para a cidade de Santos.

— Poderia ser um simples acidente, mas provavelmente havia algo ou alguém muito importante a bordo — interrompeu Reis.

— Exatamente! — exclamou o imperador.

— Na aeronave estava o mapeamento completo de toda a reserva de petróleo do pré-sal do Brasil. São dados estratégicos e que podem transformar qualquer um num bilionário — completou o primeiro-ministro.

Meio intrigado com tudo o que ouvira, Reis disse:

— Mas de nada adianta saber a localização dos campos petrolíferos, pois a exploração depende de licitações internacionais.

— Ocorre que estamos desconfiados que o marquês de Campo Grande tem algo a haver com esse desaparecimento — revelou o primeiro-ministro.

— Mas, primeiro-ministro, o marquês de Campo Grande já é o homem mais rico do Brasil! — retrucou Reis.

O comentário de Reis tinha pertinência. O marquês de Campo Grande era um grande industrial e com enorme força política, principalmente entre os políticos corruptos. Ele tinha sido primeiro-ministro, e seu mandato foi repleto de escândalos, colocando o Brasil numa imensa crise político-econômica. A crise fora solucionada com um governo austero, conduzido pelo sociólogo Felipe Humberto Cordeiro.

Nesse momento, o imperador levantou-se e se dirigiu a Reis.

— Nos últimos meses, o marquês de Campo Grande adquiriu lotes imensos de ações da Companhia Petrolífera do Brasil. Ele tem reunido inúmeros parlamentares em sua fazenda no Mato Grosso, os mesmos que o elegeram primeiro-ministro no passado.

— Além disso, o marquês tem adquirido uma quantidade enorme de equipamentos agrícolas estrangeiros, que desconfiamos serem, na realidade, armamentos. Sua missão será descobrir o que pretende o marquês de Campo Grande — disse o primeiro-ministro.

Complementou o imperador:

— Reis, eu sei que você estava aposentado e lecionando, mas eu o considero o mais astuto de todos os nossos agentes. Além do mais, você é um dos poucos agentes que o marquês não conheceu pessoalmente.

Nessa hora, involuntariamente, o coronel Barroso balançou a cabeça negativamente. Ele não queria Reis na ativa e muito menos nessa missão.

— Nessa missão, Reis, você terá o apoio da Guarda Negra — revelou o imperador.

Reis sabia que a Guarda Negra existia desde o tempo em que a Imperatriz Isabel libertou os escravos em 1888. E que foi criada pelos negros para protegê-la daqueles que não concordavam com a Abolição da Escravatura. Sabia também que hoje essa guarnição se tornara uma divisão de elite do Corpo de Fuzileiros Navais da Marinha Imperial, mas sempre com o objetivo principal de proteger a Família Imperial.

Nesse momento, a sala foi iluminada por um toque do primeiro-ministro no controle remoto e o quadro retornou ao seu lugar.

O imperador pegou o telefone e pediu para que entrasse o almirante Mesquita. Imediatamente abriu-se a porta do gabinete real e entrou um homem alto, forte, negro e com um uniforme totalmente preto, que prestou continência ao imperador e ao primeiro-ministro, cumprimentando a todos com mão firme e olhando cada um nos olhos.

Após cumprimentar Reis, este visivelmente espantado falou em tom baixo ao coronel Barroso:

— Mas ele ainda está...

— ... na ativa! — o coronel complementou a frase.

— Não. Eu queria dizer vivo. Ele já era almirante quando eu era aspirante na Academia da Marinha Imperial — comentou Reis em tom sarcástico.

Nesse instante, o almirante Mesquita dirigiu-se a ele, dizendo:

— Comandante Reis. Meus homens acompanharão cada passo seu e o auxiliarão quando for necessário. Aqui está o transmissor via satélite que colocaremos sob sua pele. Por meio dele localizaremos você em qualquer lugar do mundo — disse, tirando do bolso uma pequena cápsula que guardava uma minúscula peça de metal, como se fosse um pequeno comprimido.

Dois homens fardados de preto, como o almirante Mesquita, entraram no gabinete. Um deles pediu que Reis tirasse o paletó e arregaçasse a manda direita da camisa. Depois de examinar detidamente o seu braço, o outro militar sacou uma pistola semelhante aos antigos equipamentos de vacinação e injetou-lhe o dispositivo no antebraço.

Reis reclamou um pouco da dor e em seguida falou em tom de brincadeira:

— Um pouco de ferro só faz bem ao organismo.

O almirante Mesquita era um homem muito sério e olhou para Reis com um semblante de repreenda e completou:

— Bem, Reis, por enquanto é só. Nós estaremos de olho em você.

Em seguida, o almirante Mesquita despediu-se de todos, prestou continência ao imperador e ao primeiro-ministro, saindo do gabinete, seguido por seus dois homens, sisudos como ele.

O primeiro-ministro, retomando a conversa, continuou com as instruções:

— Nesta noite, você ficará hospedado no Guinle Palace Hotel. Você receberá todo o seu antigo equipamento pessoal amanhã pela manhã, quando deverá partir para Santos. Sua primeira missão será examinar os armazéns do marquês de Campo Grande em busca dos armamentos. Depois, no dia 19, você deverá ir a Petrópolis e se hospedar no Hotel Palácio Quitandinha. Temos informações seguras de que o marquês de Campo Grande irá jogar no cassino do hotel. Esta será uma boa oportunidade para você se aproximar dele e obter informações para confirmar ou não nossas suspeitas.

Naquele momento, a porta do gabinete se abriu e entrou o secretário particular do imperador, um homem magro e muito educado, de cabelos e barba ruiva, usando óculos, que falou ao ouvido do imperador algo inaudível aos demais. A resposta foi apenas uma balançar de cabeça do imperador em tom de aprovação, dizendo:

— Alexis, deixe-a entrar, quero que reveja o comandante Reis.

Rapidamente, Alexis, seguiu para a porta do gabinete e abriu-a, fazendo sinal para alguém entrar. Era Cristina, a filha mais nova do imperador e ainda solteira. Era uma bela mulher, *mignon*, de pele clara e cabelos castanhos escuros e olhos cor de mel. Trajava um vestido de festa verde escuro e, no colo, jazia um belíssimo colar de esmeraldas, que combinavam com seus brincos. Com certeza ela acompanharia o imperador em algum evento, já que ele estava viúvo há cinco anos, desde o falecimento da imperatriz Françoise.

Evidentemente, Reis observou bem a bela figura, e então fez-lhe uma reverência.

— Princesa, quero lhe apresentar o comandante Reis. Acredito que você se lembre dele.

Ela olhou Reis nos olhos e disse:

— Lembro-me bem do senhor, comandante. Eu era adolescente e me recordo de tê-lo visto no Palácio de Petrópolis. Na oportunidade, o senhor trajava uniforme da Marinha Imperial. O tempo passou, mas o senhor, apenas ganhou novos cabelos grisalhos.

Reis, num rompante galanteador, respondeu:

— Isso faz vinte anos... Vossa Alteza era uma menina então. E agora, pelo que vejo ...

Sem paciência, nesse momento, o coronel Barroso pegou no braço de Reis, justamente no local onde fora inserido o transmissor:

— Muito bem Reis, está na hora de ir embora. Você tem muito o que fazer amanhã.

Reis fez uma careta de dor.

O imperador riu dizendo:

— Vai descansar, Reis, e boa sorte em sua missão.

O agente saiu do gabinete praticamente empurrado pelo coronel Barroso, que continuou sua cantilena enquanto desciam as escadas.

— A agente Jaqueline o levará ao hotel. Você deverá aguardar nossa equipe, que entregará o seu equipamento e as instruções de que você necessitará. E completou em tom ameaçador: — E veja se você se comporta.

Reis balançou a cabeça em sinal de aprovação, mas em seu íntimo sabia que não iria se comportar.

Ao chegarem à porta lateral do Paço Imperial, encontraram Jaqueline aguardando, agora com um automóvel esportivo de dois lugares.

O coronel Barroso foi logo falando para a garota:

— Agente Jaqueline, fique de olho no Reis até amanhã. Não quero confusões. Isto é uma ordem.

Já acostumado com as reprimendas do coronel Barroso, Reis logo falou para Jaqueline:

— Eu guio.

Mas Jaqueline respondeu rapidamente:

— Não, senhor. Eu é que conduzo! Conforme-se em ser o copiloto e, de preferência, sem dar palpites.

— Para um homem carona é fácil não dar palpites, mas se fosse uma mulher, certamente ela iria começar sugerindo ligar os faróis do carro, dar partida ...

Jaqueline fez que não ouviu. Entrou no veículo e assim que Reis se acomodou no banco ao lado, saiu em arrancada.

Pouco tempo depois chegavam ao Guinle Palace Hotel, um belíssimo edifício construído em frente à praia de Copacabana em 1922, para receber o rei da Bélgica. Mal desceu do automóvel, Reis disse para Jaqueline:

— Bom, como você hoje é o meu anjo da guarda, eu te convido para jantar.

— Nem pensar, respondeu a garota ainda sentada no banco do automóvel.

Reis, abaixando-se na porta do carro, insistiu.

— Bom, se você me deixar aqui no hotel à noite e algo acontecer comigo, certamente o coronel Barroso vai te responsabilizar.

Jaqueline abaixou a cabeça e a sacudiu dizendo:

— Ok, você venceu. Vamos jantar.

Logo que entraram no *lobby* do hotel, o *concierge* veio ao encontro de Reis e disse em tom de reverência:

— Mestre Reis, que honra recebê-lo. Faz anos que não se hospeda no nosso hotel.

— Eu estava cuidando dos meus negócios. Você sabe muitas aulas, alunos etc. — respondeu, esticando a mão para cumprimentar o homem.

Em seguida, o *concierge* disse em tom reverencial.

— Mestre Reis, fizeram sua reserva de apartamento *standard*, mas acreditamos que deve ter havido algum engano, então o gerente já determinou o *upgrade* para a suíte grã-luxo, como era do seu costume.

— Excelente providência. Deve ter sido um erro da agência de viagens. A suíte grã-luxo é a que me agrada.

Percebendo o que estava acontecendo, Jaqueline se dirigiu ao *concierge* em tom sério:

— Não, não, não. A reserva é para a suíte *standard*.

Reis logo a pegou pelo braço, corrigindo.

— Ela está brincando. Ela adora o melhor! E virando-se para Jaqueline, falou em tom de carinho:

— Não é, querida? Agora deixe de brincadeira e vamos jantar.

Virando-se para o *concierge*, Reis perguntou se o restaurante *Poivre* estava aberto, recebendo um aceno positivo de resposta e a indicação do caminho com as mãos.

Quando Jaqueline e Reis iam pelo corredor do hotel para o restaurante, eles ouviram ao fundo o *concierge* dando as recomendações para alguém:

— Rápido uma garrafa de *Chandon Excellence* 2005 na suíte do professor Reis, pois a noite, pelo jeito, será longa.

Nesse momento, Jaqueline sacudiu o braço esquerdo desvencilhando-se da pegada e, fazendo cara feia, desabafou.

— Reis se você está pensando naquilo, esqueça.
— É apenas um jantar. Nada mais — respondeu calmamente, enquanto entravam no restaurante, sendo logo recepcionados pelo *maître* .

Reis pediu uma mesa para duas pessoas num lugar calmo. Assim que acomodados, seguindo a etiqueta, o *maître* ofereceu o *menu* a ele e, depois, à garota. Reis imediatamente fechou o encarte, pedindo:
— Por favor, chame o Pimentel.

O *maître*, um sujeito meio emplumado e arrogante, respondeu:
— Desculpe senhor, mas o sr. Pimentel está ocupado.

Reis, não satisfeito e, em tom sério, olhou firmemente para o profissional, insistindo que desejava primeiro falar com o Pimentel.

Pimentel era o dono do restaurante, um grande *chef* com quem havia desenvolvido, no passado, uma boa amizade no período em que estava na ativa.

E ouviu novamente uma resposta elegante, porém incisiva.
— O Sr. Pimentel está ocupado. Diga-me o que deseja e eu irei atendê-lo.

Nesse momento, Reis pegou no braço do *maître* e disse firmemente:
— O que eu desejo é falar com o Pimentel!

Jaqueline estranhou o comportamento de Reis, mas logo ela entenderia.

O *maître*, inconformado e indignado, foi para a cozinha. Passados alguns instantes, a porta se abriu, saindo dela um senhor baixo, calvo, com poucos cabelos grisalhos e olhos verdes, vestindo elegantemente um terno completo cinza com camisa branca e gravata azul escuro, exclamando:

— Professor, o senhor está aqui! Há quanto tempo não o vejo. Achei que não gostava mais do meu restaurante!

Olhando para trás, vendo o *maître* de cabeça baixa e meio envergonhado, disse Pimentel com toda a reverência.

— Desculpe o rapaz, ele é novo aqui, só tem oito anos de casa e não o conhecia. Por favor, diga-me onde anda, o que faz. O senhor sumiu da capital do Império.

— Eu andei muito ocupado. Corrigindo provas! — respondeu, em tom de brincadeira.

— Bom, para o senhor nada de *menu*. Hoje eu posso lhe oferecer de entrada corações de alcachofras gratinadas com queijo *brie* e, depois, risoto de camarões ao molho de manga, o que acha?

— Muito bom. Eu aceito e você, Jaqueline? — perguntou Reis.

Jaqueline, vendo tudo aquilo, até um pouco atônita, com toda aquela situação, meio encabulada, fez um sinal com a cabeça mostrando que também aceitava a sugestão.

No mesmo instante, Pimentel fez sinal para o *maître* que se aproximou, e disse como uma metralhadora:

— Alcachofra de entrada e risoto de camarões. Mande fazer os pasteizinhos para servir agora, pois o professor os adora. Sirva vinho do porto branco *Taylor's Chip Dry*, pois ele é uma pessoa de bom gosto. *Acqua Panna* e uma garrafa de *Joseph Drouhin* branco 2014, da Borgonha, na temperatura certa. Não é professor?

— Seis graus, por favor! — respondeu Reis de imediato, como se fosse um jogral dele com Pimentel.

E com um olhar severo, Pimentel complementou ao *maître*:

— Este é o professor Reis. Atenda-o em tudo o que pedir e, se ele quiser falar comigo, basta me chamar.

Por fim, o *chef* disse a Reis:
— Professor, o restaurante é seu.
Depois de todo esse acontecimento, Jaqueline constatou.
— Já vi que você foi *habitué* aqui.
Reis deu um sorriso e logo emendou uma conversa longa com a sua acompanhante. Os pratos foram sendo servidos e ela fazia caretas de muito regozijo. Reis ria.
De vez em quando, Pimentel passava e perguntava se tudo estava em ordem e o *maître* demonstrava verdadeiro pavor de levar uma nova bronca.
Contando suas peripécias de quando estava na ativa como agente, Reis fez Jaqueline rir por várias vezes. Evidente que ela estava se fascinando por ele. Seu conhecimento, seu jeito elegante e o bom humor, faziam de Reis um sujeito irresistível.
No meio do jantar, apareceu um mensageiro para entregar a chave da suíte para Reis. Ao entrega-la em suas mãos, o rapaz comunicou que o *concierge* já havia organizado tudo. Ele sabia que a mensagem era de que a alcova estava pronta. Agradeceu e deu uma polpuda gorjeta para o mensageiro.
Àquela altura dos acontecimentos, Jaqueline já não estava tão preocupada com as "segundas intenções" de Reis. Depois de um jantar maravilhoso, café e licor *Drambuie*, e muito papo, Jaqueline não resistiu aos galanteios do professor.
Ao saírem, ele a pegou pela mão e foram direto para o elevador. Assim que ficaram a sós, Reis puxou a loira pelo braço e lhe deu um longo beijo. Quando as portas se abriram, ambos deram de frente com duas arrumadeiras que soltaram breves risinhos, finalizados com um sonoro "boa noite".
Reis conduziu Jaqueline até a suíte e, ao abrir a porta, ela soltou um suspiro. E não era para menos, a suíte era lindíssima. Paredes brancas, com belos adornos. Carpete bege e tapetes persas ao chão. A vista para a bela praia de Copacabana

era magnífica. Havia uma sala de visitas com estofados e uma sala de jantar. Do outro lado, uma imensa porta de folha dupla abria para o quarto. Tudo era muito bem decorado e de muito bom gosto. Entre as inúmeras obras de arte, um Di Cavalcanti posava soberano em meio à parede da suite.

Jaqueline sabia que aquelas acomodações não haviam sido reservadas pelo Serviço Secreto Imperial e que Reis, de alguma forma não autorizada, fez o seu *up grade*. Mas, naquela altura, o que menos a preocupava era o custo da suíte.

Reis viu o carrinho com o balde de prata com o espumante de sua preferência, as taças e um prato com morangos e chocolates, tudo arrumado com muita elegância. Ele sabia o que fazer para conquistar uma mulher.

Nesse momento, Jaqueline pensou em tudo o que viu e ouviu e não resistiu ao comentário:

— Reis, você sabe viver!

Reis, com muita rapidez, abraçando-a respondeu:

— No nosso ramo de atividade, o amanhã pode não chegar. Assim, quando estou na ativa, vivo cada dia como se fosse o último — disse, conduzindo-a para o quarto.

No dia seguinte, Reis acordou com um barulho. Ele estava meio zonzo. Olhou para o lado e viu Jaqueline nua dormindo o "sono dos justos". Procurou o relógio e viu que passava das 9 da manhã. Ao se sintonizar com os acontecimentos, percebeu que o barulho era proveniente da campainha da porta de sua suíte.

Ele levantou, pegou um roupão no toalete, vestiu-o rapidamente e foi atender à porta. Saiu do quarto, fechou a porta de folha dupla, que fazia a divisa com a sala, com muito cuidado para não acordar a agente.

Ao abrir a porta da suíte, ele deu de cara com duas jovens. Com ar de espanto, Reis disse:

— Meninas, essa não é a suíte de seus pais. Vocês estão enganadas. Boa noite!

A mais alta das duas respondeu em tom mais ríspido:

— Agente Reis, por favor, estamos a trabalho e não temos muito tempo.

Rapidamente, ele foi empurrado pelas garotas, que traziam consigo duas malas. Reis deu uma risadinha e, arqueando a sobrancelha esquerda disse:

— Já sei, vocês duas são do jardim de infância do Serviço Secreto Imperial!

— Eu sou "M" e ela é a agente "B", somos agentes nível 3 da Divisão de Patrimônio e Tecnologia. Estamos aqui para lhe entregar o seu equipamento de trabalho — explicou a mais baixa e mais tranquila.

Reis olhou as garotas, pensou por alguns segundos e reagiu em tom de chacota:

— "M" e "B". Eu acho que pessoal do Serviço Secreto está achando que está no MI6. Só falta vocês me dizerem que eu sou James Bond.

"B", sem muita paciência deu seguimento à conversa, aproveitando a gozação de Reis:

— Bond? Impossível.

Nesse momento, Reis se enfezou e, quando ia responder à altura, "M" interrompeu, com seu jeito objetivo.

— Bom, vamos iniciar as orientações.

Apontando para uma das malas, ambas pretas, "M" deu as coordenadas:

— Nesta mala você encontrará seu equipamento de voo e mergulho e todos os outros pertences do tempo em que estava na ativa. Na outra, você encontrará sua arma predileta.

— Agente Reis, nisso você é igual ao James Bond, só usa a Walther PPK — interrompeu "B", sem conseguir conter o comentário.

"M", bastante focada, continuou:

— Além da pistola de sua preferência, você encontrará o rifle de precisão alemão DSR 50, munições, passaportes com várias identificações, cartões de crédito e demais equipamentos de serviço padrão.

Em seguida "B" esticou o braço para entregar ao agente um envelope.

— Leia e grave na memória o e-mail e a senha.

Reis pegou o envelope, abriu, leu a senha em silêncio e, em seguida, fez sinal com a cabeça que havia memorizado.

"B" tomou o envelope de volta, retirou do bolso um isqueiro e o queimou, dizendo:

— Por meio desse e-mail e com essa senha você poderá pedir apoio a qualquer autoridade brasileira, aqui ou no exterior, pois ao enviar mensagem com essa senha, a resposta virá automaticamente com a ordem do primeiro-ministro, para darem todo e qualquer apoio que precisar.

— Dá direito a pernoite no Palazzo Pamphilj? — perguntou Reis, zombeteiro, referindo-se à embaixada brasileira em Roma, para ouvir um sonoro "não" de ambas.

Ao entregar a Reis um *smartphone*, "B" deu novos pormenores.

— Este aparelho é também binóculo, inclusive com visão noturna de alta precisão, que fornecerá todos os dados para uso do DSR 50. Além disso, ele tem um dispositivo de localização e de imagens via satélite. Também tem a capacidade de gravar qualquer sinal magnético em sua memória, convertendo os sons em números. Ideal para descobrir uma senha eletrônica de acesso, por exemplo.

Reis ouviu tudo com atenção e olhou para o telefone com certo fascínio. Afinal, a tecnologia havia avançado muito nos últimos anos. Mas, como ele não perdia uma piada:

— E faz chamadas locais?

Sua resposta foi agora um sonoro "sim" de ambas, já se dirigindo para a saída. Com um leve sorriso, Reis abriu-lhes a porta.

— Bom, meninas, muito obrigado e até logo.

As duas se entreolharam e seguiram para fora, mas antes de seguirem pelo corredor, "B" pegou uma chave de automóvel e a entregou para Reis, dizendo:

— Seu velho carro estará no estacionamento da estação Campo de Marte. Bom proveito.

— Como é? O carro do meu tempo?

— Sim, o coronel Barroso disse que nunca, em sã consciência, ele te daria um dos carros novos dos agentes de classe especial — respondeu "B", fazendo tchau com a mão esquerda.

Reis ficou indignado, mas sempre soube que Barroso nunca morreu de amores por ele.

E seguida, quando Reis voltava para o quarto, novamente soou a campainha da suíte. Já sem paciência, e pensando na história do seu velho automóvel, ele a abriu de rompante, imaginado serem "M" e "B" com outras novidades.

— Chega de novidades hoje! — foi logo dizendo.

Seu espanto foi total. Atônito, olhou para si notando que estava só de roupão e de pés desnudos. Enrubesceu-se.

À sua frente estava a princesa Cristina. Ela trajava um vestido Chanel nas cores preto e branco, bolsa e sapatos Prada pretos, além de um belo conjunto de colar e brincos de pérolas brancas. Ao seu lado, dois homens com ternos pretos e que eram, com certeza, seus agentes de segurança.

Ela, com um tom levemente brincalhão, disse:

— Não sei quais foram as outras novidades de hoje, mas o que me traz aqui, agora, não é novidade para o senhor. Posso entrar?

— Sua Alteza, por favor entre. Desculpe o traje. Sente-se por gentileza.

Seguindo a princesa, Reis complementou:

— Eu estava dormindo, pois trabalhei até tarde ontem à noite. A senhora sabe, são os "ossos do ofício".

Nesse momento, antes da princesa Cristina se sentar no sofá, a porta de folha dupla se abriu, e, dela, saiu Jaqueline, envolta em um lençol. Ao se deparar com a princesa Cristina na sala, soltou um grito, voltou para dentro e fechou a porta.

— Comandante, parece que os ossos do seu ofício são mais carnudos — comentou a princesa, sorrindo.

— Alteza, meu trabalho exige atuação em equipe em todos os momentos — respondeu Reis, retomando sua perspicácia.

A princesa Cristina sacudiu a cabeça como se concordasse e disse:

— Bom, comandante, estou aqui a pedido do meu pai. Ele me pediu para avisá-lo para não confiar em ninguém, pois ele tem certeza que existem agentes do Serviço Secreto Imperial aliados ao marquês de Campo Grande. Por isso, ele me pediu que viesse aqui avisá-lo pessoalmente.

Olhando fixamente para Reis, a princesa levantou-se e continuou:

— Comandante, meu pai confia no senhor totalmente e sabe que o senhor é o agente certo para essa missão. Mas ele está muito preocupado, pois sabe que o marquês de Campo Grande é um homem poderoso, inescrupuloso e capaz de tudo.

Ao final, a princesa estendeu o braço despedindo-se de Reis e finalizou em tom sarcástico:

— Sempre ouvi falar que o senhor era um homem muito elegante e vejo que seus trajes horam sua fama.

Reis olhou para si e nada respondeu, apenas fez uma reverência à princesa, dizendo:

— Alteza, agradeço sua vinda. Diga ao imperador que não falharei. Quanto aos meus trajes, farei o melhor e, com certeza, no nosso próximo encontro, estarei vestido adequadamente.

Após a saída de Cristina, Reis bateu na porta do quarto e disse:

— Jaque, pode sair. A visita imperial acabou.

E enquanto abria a porta, a loira ouviu Reis falar ao telefone:

— Bom, ligue para o alfaiate Ferrari e peça para me trazer dois ternos novos de casimira inglesa, camisas de algodão egípcio e gravatas italianas, bem como um *smoking* com lapela de seda italiana. Ah! Ligue para a loja da Prada e peça para me enviarem dois sapatos de cromo alemão, um preto e um marrom café, tamanho 40.

— Já vi que você sabe pedir as coisas. Sempre o melhor.

Reis apenas sorriu.

Passada a manhã, após a chegada do alfaiate, malas prontas, o agente especial deu saída no hotel. Foi direto para a Estação Central do Rio de Janeiro, aproveitando uma carona com Jaqueline, que se despediu dele com um longo e ardente beijo.

Reis embarcou no trem bala para São Paulo mas, desta vez, havia uma bela loira ao lado de sua poltrona, o que lhe permitiu fazer o que mais gostava: paquerar e seduzir.

# CAPÍTULO II

Na chegada a São Paulo, Reis se despediu da sua companhia de viagem com um beijo lascivo em seu rosto, sendo correspondido da mesma forma. Ao descer do trem, pediu um carregador, pois as duas malas eram pesadas, e seguiu para o estacionamento.

O carregador era um sujeito gordo de poucos cabelos numa cor avermelhada, muito mal tingidos, trajando um uniforme azul marinho todo desengonçado.

Ao chegarem ao estacionamento, Reis tirou a chave do carro do bolso e a olhou fixamente. Em seguida passou os olhos por todos os carros e depois fixou sua visão num Porsche Carrera 911. Era seu antigo carro no Serviço Secreto Imperial. Foi até o veículo, deu uma volta completa no carro e passou a mão sobre o para-lama dianteiro esquerdo do velho Porsche azul. Naquele momento, veio à lembrança o trabalho que teve para convencer o setor de Tecnologia e Patrimônio do Serviço Secreto para comprar aquele carro, naquela cor, para ele. Ele também lembrou que, para atingir seu intento, teve que levar para a cama a chefe do setor, o que não foi nada prazeroso. A mulher era "uma visão do inferno".

Enquanto Reis divagava em seus pensamentos, o carregador ficou esperando, até decidir interromper aquele "momento íntimo".

— Bom, doutor, posso colocar as malas no carro?

Reis respondeu afirmativamente com a cabeça.

O homem, que não conhecia o veículo, foi logo querendo abrir o cofre do motor, o que fez Reis rir e fazer sinal que o porta-malas era na frente. Incrivelmente, aquelas duas malas cabiam perfeitamente no compartimento, pois foram projetadas para aquele veículo.

Reis entrou no carro e partiu em direção ao litoral de São Paulo. No caminho, acionou o viva-voz do veículo e fez uma ligação para o Serviço Secreto Imperial para informar sua posição e destino, procedimentos obrigatórios. Enquanto aguardava atenderem, pensou nas palavras da princesa Cristina, com as recomendações de Dom Pedro IV, mas imaginou que se tratava de um exagero do imperador.

Quem atendeu Reis foi o agente Vieira, conhecido por "Fuinha", um apelido por causa de sua semelhança com o animal. "Fuinha" logo confirmou o recebimento da mensagem e desejou boa sorte.

Reis pegou a autoestrada Lorena, que desembocava na Baixada Santista. Era uma estrada moderna com muitos túneis e que recebera o nome em homenagem à Calçada de Lorena, a primeira via pavimentada que ligava a cidade de São Paulo ao litoral paulista.

Já na rodovia, Reis foi ultrapassado por quatro carros pretos de quatro portas em alta velocidade e pensou em voz alta: — *Ou vão tirar a mãe da zona ou o pai da forca*. Riu e continuou ouvindo o seu cantor predileto: Elvis Presley.

Incrivelmente, após Reis passar pelo pedágio, as cancelas foram travadas e todos os veículos ficaram represados. Naquele momento, a central de controle do pedágio tentou de todas as formas acionar as cancelas, contudo, todas permaneciam inertes e o "buzinaço" dos carros parados começou.

Mas Reis nada percebeu.

Ao chegar ao segundo túnel da autoestrada, Reis viu ao longe os quatro veículos alinhados e percebeu que, ao lado de cada um, na parte inferior, próxima ao assoalho, aparecia um facho de luz vermelha. Era um laser de precisão. Em seguida, barras metálicas se conectaram, transformando os veículos numa verdadeira barreira metálica.

Reis percebeu que a situação ia se complicar. Olhou pelo espelho retrovisor e percebeu que não havia veículos atrás dele e decidiu voltar na contramão, dando o conhecido "cavalo-de-pau". Diminui a velocidade e acionou o freio de mão, fazendo o carro virar e acelerou o veículo com toda a velocidade, trocando rapidamente as marchas.

Contudo, logo à frente, Reis foi recebido por uma saraivada de balas vindo de outro carro igual aos que haviam montado a barreira. Ele tentou se esquivar das balas, mas como estava dentro do túnel 1, não havia como se livrar dos tiros. O seu Porsche era blindado com nível 5, mas logo o para-brisa não suportaria tantos projéteis. Decidiu dar novo "cavalo-de-pau". Mas os tiros continuavam a castigar seu veículo. Ele sabia que o seu velho automóvel não suportaria tantos tiros.

À frente, Reis encontrou a barreira metálica formada pelos outros quatro carros e ficou pensando numa saída para aquela cilada. Mas não teve muito tempo para pensar. Um dos ocupantes do carro que vinha atrás em seu encalço, colocou para fora do veículo um lança granadas RPG-7 e começou a mirar no Porsche azul.

Quanto ele disparou, Reis jogou o carro para o *guard rail* de concreto e fez o Porsche ficar em duas rodas. — Chegou a hora do *show de circo*.

Fazendo o carro ziguezaguear pela pista, o agente especial conseguiu desviar da granada lançada, que errou o alvo e espatifou-se contra a parede do túnel.

Porém, Reis aproximava-se de novo da barreira de carros, que diminuíra a velocidade. Definitivamente, estava numa "fria". Mais uma vez, não teve muito tempo para pensar. Ele olhava para frente e via a barreira de carros. Olhava para trás e via o outro veículo vindo ao seu encalço, fustigando seu Porsche com mais tiros. Ele sabia que a blindagem da carroceria e dos pneus não aguentaria muito tempo. Estava ficando encurralado.

Novamente, outra granada foi lançada, mas dirigida mais ao centro e mais rente à pista, porém Reis conseguiu desviar novamente e, por sorte, a bomba acertou em um dos carros da barreira metálica, explodindo-a totalmente, permitindo a ele passar com seu carro. E como o veículo que o perseguia estava "colado" nele, acabou colidindo com o que restou da barreira metálica.

Reis assistiu tudo pelo retrovisor. Aliviado, afrouxou a gravata e o colarinho. Mudou a faixa do CD e prosseguiu na autoestrada ouvindo Elvis Presley.

Ao chegar ao Hotel Cassino Atlântico em Santos, Reis parou o seu carro todo crivado por balas e entregou as chaves ao manobrista atônito, que murmurou:

— Mas, senhor, o carro está todo furado!

— Não se preocupe, a chuva de granizo na estrada foi muito forte.

Adentrando o lobby do hotel, Reis foi fazer o seu *check-in* e, claro, escolheu a melhor suíte, onde dormiu profundamente. Recuperado da aventura do dia anterior, logo cedo ao acordar, ele ficou matutando uma forma de obter outro carro e teve uma ideia.

Saindo do hotel, do outro lado da avenida Ana Costa, próximo à praça da Independência, Reis viu uma concessionária Mercedes-Benz e para lá seguiu. Entrou na concessionária e disse que queria uma Mercedes SLK 250, blindada, para levar na hora.

O vendedor, achando no mínimo equivocado o seu estranho cliente desejar um carro para entrega imediata, explicou que isso não era possível. Coçando a cabeça, o vendedor começou a explicar que era praticamente impossível retirar um veículo na hora, pois era necessária a revisão de entrega, emplacamento etc. Em seguida, perguntou como ele iria pagar.

Reis fez sinal com a mão para interromper toda aquela explicação desnecessária. Em seguida, pegou um papel numa mesa e escreveu o endereço de e-mail que "M" e "B" haviam lhe entregado.

O vendedor não estava entendendo nada, mas Reis não se deteve. Pegou uma cadeira defronte a um microcomputador, afastou-a e disse:

— Meu amigo, sente-se e envie um e-mail para esse endereço que lhe dei. Escreva que André Reis requisita aquele carro ali — e apontou para a Mercedes modelo SLK 250 blindada na cor azul, em destaque no estande de vendas.

O vendedor, meio encabulado, fez o que Reis lhe mandou.

Quase que instantaneamente veio uma resposta pedindo para informar o telefone de contato e o nome do gerente comercial da concessionária. Achando tudo aquilo muito estranho, o vendedor leu a mensagem e fez que ia sair da cadeira, quando Reis o empurrou com força contra o assento da cadeira e disse:

— Responda o e-mail.

Assustado, o vendedor respondeu à mensagem e, ao finalizá-la, ouviu de Reis:

— Bom menino.

Passados alguns instantes, um homem de meia-idade, trajando um terno elegante na cor marrom, veio ao encontro de Reis e o cumprimentou dizendo:

— Senhor Reis, sou o gerente comercial. Meu nome é Muniz e seu veículo ficará pronto para uso em trinta minutos.

O vendedor, mais assustado ainda, esperou Reis se distanciar e foi ao encontro do gerente, esbaforido:

— Chefe, mas como?

No que foi respondido de chofre:

— Eu não sei quem ele é e o que ele faz, só sei que ao telefone estava o primeiro-ministro Felipe Humberto Cordeiro, dizendo que era para entregar a Mercedes e faturar para o Tesouro do Império, que o imperador agradecia as providências.

Em trinta minutos, lá estava Reis seguindo na sua nova Mercedes azul para a cidade do Guarujá. Ele margeou o canal de Santos e buscou um ponto em que podia observar, com calma, o terminal de desembarque da empresa do marquês de Campo Grande, a Marquês de Campo Grande Transportes S/A.

Utilizando seu *smartphone* como binóculo, percebeu que os contêineres estavam todos fechados com robustos cadeados, fora dos padrões usuais, e que ele não teria meios de abri-los com as michas tradicionais. Também viu que o terminal era fortemente vigiado e que os seguranças portavam fuzis AR15.

Pensou em usar o rifle de precisão DSR 50, mas o ruído do tiro com certeza chamaria a atenção. Nesse instante, Reis ouviu o apito ensurdecedor de um navio cargueiro. E logo intuiu que o som do apito dos navios seria suficiente para encobrir o ruído do tiro.

Assim, Reis montou o rifle em seu tripé e, com o visor de seu *smartphone*, passou a localizar os dois cadeados que trancavam o contêiner que ele escolheu para abrir.

Logo que enquadrou a imagem do contêiner e dos cadeados, surgiram, na tela do *smartphone*, dois quadros vazados que ele posicionou, com o dedo indicador da mão direita, um em cada cadeado que aparecia na imagem. Em seguida, no visor apareceu a seguinte mensagem: "Alvos definidos. Enviar coordenadas ao DSR 50?"

Reis optou pela opção "Sim" e imediatamente acendeu-se uma luz vermelha na mira do rifle. Reis colocou-se na posição de tiro e, ao apontar para o cadeado, imediatamente na mira surgiu um pequeno quadro vermelho que, ao se encaixar no cadeado, mudou para a cor verde. Isto informava ao atirador que o alvo seria acertado em 100%.

— *É, a tecnologia facilita o trabalho, não seria fácil acertar um alvo destes a esta distância tão rapidamente e com precisão, exceto se eu fosse o coronel Danimar*, pensou, referindo-se a um velho amigo coronel do Exército, campeão olímpico de tiro e considerado o melhor atirador das Forças Armadas Imperiais e um dos melhores do mundo.

Passados alguns minutos, um novo cargueiro passou pelo canal do porto de Santos produzindo uma série de apitos, e Reis os aproveitou para acertar os dois tiros, um em cada cadeado, pulverizando-os, sem chamar atenção.

Olhando para o relógio, o agente especial pensou que agora era só aguardar o cair da noite, para descobrir o que havia naqueles contêineres.

# CAPÍTULO III

Assim que a noite caiu, Reis retornou ao terminal da transportadora do marquês de Campo Grande, agora com roupa de mergulho e montado num *jet ski* super silencioso, que alugara no final da tarde. A uma distância segura, ele parou o *jet ski* e o encalhou na margem do canal, próximo a uma área com muita mata. Colocou a máscara de mergulho e um minitubo de oxigênio em sua boca. Nadou até o terminal.

Com muita calma, Reis saiu da água, inspecionou todo o píer do terminal e subiu por uma escada de metal. Olhou para os lados e não viu ninguém. Aquela parte do terminal não era muito iluminada e ele correu até o contêiner com os cadeados destruídos a tiro sem ser visto. Retirou o que sobrou dos cadeados, abriu a porta do contêiner e, rapidamente, entrou nele, fechando a porta com cuidado.

Lá dentro, retirou de seu traje uma lanterna, acendeu-a e começou a revistar as caixas que lá estavam. Ao abri-las, encontrou muitos rifles AR15, pistolas Colt, granadas, óculos especiais de visão noturna, metralhadoras Uzi e granadas de mão.

Era evidente para Reis, que o marquês de Campo Grande não pretendia arar suas terras a tiros e explosões. Estava certo o primeiro-ministro Felipe Humberto Cordeiro: o marquês estava se preparando para uma batalha. Mas o que pretendia ele?

Naquele instante, Reis sentiu um solavanco e ele correu para segurar a porta para não abrir. Algo acontecia que não estava nos seus planos. O contêiner estava sendo levantado e empilhado em cima de outros por um guindaste.

Reis ouviu vozes com instruções e se manteve quieto. Percebeu que as vozes estavam se distanciando e imaginou que logo não haveria guardas por perto. Logo depois, espiando por uma pequena fresta da porta, ele viu que, abaixo dos contêineres empilhados, passaram dois guardas em silêncio. Um deles mexeu nos bolsos e deixou cair um maço de cigarros sem perceber.

Os seguranças continuaram a conversar e se distanciaram dos contêineres, caminhando para o outro lado do terminal.

Era chegada a hora de sair do contêiner e fugir do terminal. Contudo, parecia que a sorte não estava do lado de Reis. O guarda que deixou cair o maço de cigarros, decidiu fumar e, ao apertar os bolsos da calça, percebeu o que havia perdido e disse ao colega:

— Zé, vamos voltar, perdi o maço de cigarros.

Ao voltarem, os seguranças logo viram Reis saindo do contêiner. Um deles pegou seu fuzil de assalto e começou a atirar. O outro acionou seu *walkie-talkie* e começou a berrar: "Intruso no setor 7! Intruso no setor 7!".

Um grande holofote foi aceso em um dos guindastes e girado em direção de onde se encontrava Reis. Ele não teve dúvida, começou a correr de forma desenfreada. Evidente que o agente especial procurava ficar fora da mira dos guardas que estavam no chão, mantendo-se em cima dos contêineres e no lado oposto deles. O problema é que dois outros seguranças subiram no guindaste principal e, dele, começaram a atirar mirando o invasor.

Ao perceber que os tiros vinham agora de cima, ele acelerou mais sua corrida, mas percebeu que as balas se aproximavam dele. Quando estava quase ao final da fileira de contêineres, decidiu pular, mas sem a certeza de que ali já era a beira do canal. Poderia cair no mar ou simplesmente no piso de concreto, duro e muito provavelmente mortal.

Ele pulou, mas caiu em cima de outro contêiner, que estava na fileira de baixo. Mas o que podia ser um azar, tornou-se sorte. O contêiner era, na realidade, uma espécie de dormitório e Reis caiu em cima de uma claraboia, que arrebentou com o peso de seu corpo e, depois, em cima de um beliche, o que amorteceu a queda.

Meio sem saber o que havia acontecido, Reis sacudiu a cabeça e correu para a porta do contêiner-dormitório, a qual dava para o piso do terminal.

Os guardas que atiravam do guindaste principal não entenderam o que havia acontecido, já que o seu alvo, o intruso, havia desaparecido. Logo chegaram vários seguranças ao contêiner dormitório. O primeiro deles ainda conseguiu ver Reis correndo, mas já era tarde, pois em seguida ele pulou no mar escuro e desapareceu.

Retornando ao Hotel Cassino Atlântico, Reis entrou em contato com o "Fuinha" e fez seu relatório, informando o que havia encontrado no terminal e que, no dia seguinte, iria até Petrópolis, para se encontrar com o marquês de Campo Grande, requisitando o transporte necessário.

— Já sei, transporte de primeira. Deixa que eu cuido de tudo — respondeu "Fuinha".

# CAPÍTULO IV

Reis retornou à Estação do Campo de Marte na cidade de São Paulo, para pegar o trem-bala para a capital do Império.

Ao chegar ao estacionamento, encontrou o mesmo carregador de malas da véspera, que rapidamente se dispôs a pegar a bagagem. Mas agora, lembrando-se que na vez anterior as malas estavam na parte da frente do Porsche, o carregador dirigiu-se à parte anterior da Mercedes. Reis deu leve sorriso, sacudindo a cabeça, e fez sinal de que as bagagens estavam no porta-malas, que naquele veículo ficava atrás.

O carregador parou, olhou para Reis, sacudiu a cabeça, tirou um lenço, passou na testa e, inconformado, foi retirar as pesadas malas de onde estavam.

Ao entrar no trem bala, o agente especial viu uma bela ruiva, justamente sentada no assento ao seu lado. *Bom, agora vamos atacar as comunistas.*

Já era noite quando Reis chegou à Estação Central do Rio de Janeiro. Já do lado de fora da composição, ele esticou o braço para a "comunista" e recebeu um "selinho" nos lábios. Ela ainda tirou um cartão da bolsa, colocou no bolsinho do paletó dele, ao lado da lapela. Depois bateu a mão levemente no bolsinho do paletó dele e falou algo que Reis respondeu com um sorriso malicioso. E lá se foi a mulher de cabelos de fogo.

Um homem de terno preto, camisa branca e gravata preta, com óculos escuros, alto e com o rosto cheio de espinhas aproximou-se, mas olhando o rebolado da ruiva que se distanciava.

Reis olhou o sujeito, que mais parecia um segurança do que um agente do Serviço Secreto Imperial. Assim que tirou os olhos do traseiro da ruiva, o enviado sacudiu a cabeça de forma a transparecer uma certa inveja do relacionamento de Reis com as mulheres e se apresentou.

— Agente Reis, seu transporte está lhe esperando no heliporto e eu sou o responsável por sua segurança até o local.

— Bom, então, para me sentir mais seguro, por favor, carregue as malas.

O agente ficou olhando Reis passar e se distanciar. Ele resmungou algo inaudível, mas, com certeza, tecia "elogios" à mãe de Reis. Ele pegou as malas com muito esforço e lá se foi atrás do seu protegido que, para sacanear, ainda acelerou o passo.

Eles saíram da Estação Central do Rio de Janeiro e se dirigiram ao quartel-general do Exército Imperial, onde um helicóptero particular esperava Reis para levá-lo a Petrópolis, especificamente ao Hotel Cassino Quitandinha.

# CAPÍTULO V

A aeronave pousou suavemente no heliporto do Quitandinha. Dela logo desceu Reis, dirigindo-se direto à portaria. Dois empregados do hotel vieram rapidamente retirar as malas. No percurso, ele aproveitou para admirar o belíssimo prédio do hotel em estilo normando, sentindo uma certa saudade dos seus tempos na ativa.

Para variar, assim que viu Reis adentrar o hotel, o gerente logo foi lhe fazer cortesia.

— Professor Reis, que satisfação recebê-lo! Há quanto tempo não o vejo por aqui. Já temos sua reserva, mas acho que houve algum engano, pois reservaram um apartamento *standard*, mas já mandei transferi-lo para uma suíte platina, como é do seu costume.

Sacudindo a cabeça de cima para baixo, com ar de aprovação, Reis disse:

— Vocês são sempre muito cuidadosos e gentis. Por favor, pode incluir uma "caixinha" extra de 10%.

Reis sabia que o coronel Barroso iria "espumar" de raiva com as despesas, mas isto era para depois. Ele voltara a viver cada dia como se fosse o último.

Assim que acomodado, Reis colocou seu *smoking* de lapelas de seda italiana, olhou-se no espelho, esticou os braços e puxou as pontas da camisa branca, uma de cada vez, expondo suas abotoaduras Ômega na cor azul e murmurou, referindo-se ao seu alfaiate: — *Esse Ferrari é um artista!*

Ao chegar ao cassino, composto por vários salões, Reis dirigiu-se ao bar do salão Mauá, com sua enorme cúpula de 30 metros de altura por 50 de diâmetro, a segunda maior do mundo. Pediu uma garrafa de espumante *Chandon Excellence* 2005 no balcão e apontou para uma mesa, indicando onde sentaria.

Desabotoou o paletó e sentou-se à mesinha, numa posição em que poderia ver todo o salão. Logo chegou o espumante e Reis começou a degustar uma de suas bebidas preferidas.

Após tomar o primeiro gole, Reis logo ouviu em brados fortes:

— Professor Reis, que satisfação em vê-lo aqui depois de tantos anos!

Era o dono do hotel, Dom Mocelin, um homem alto e forte, rosto arredondado, dos seus 60 anos, cabelos brancos, trajando um impecável *smoking*.

— Dom Mocelin, aqui estou novamente. Vim a negócios — respondeu o agente especial, virando-se para o anfitrião.

— Negócios hein! O negócio é loira, morena ou ruiva?

— Preciso de sua ajuda. Quero falar com o marquês de Campo Grande, pois sei que ele estará aqui hoje à noite.

Dom Mocelin fez um certo ar de reprovação, sacudindo a cabeça, e emendou.

— Ele vem sim. Para nosso desespero!

Reis estranhou o comentário de Dom Mocelin, que complementou:

— Reis, esse marquês é um "pé no saco". Sujeito chato. Metido. Quase insuportável. Eu só o suporto porque ele normalmente gasta R$ 1 milhão numa única noite.

Ao acabar a frase, Dom Mocelin ouviu ruídos vindos da porta principal do cassino. Ao que ela se abriu, adentraram cinco homens de *smokings* e camisas pretas ladeando um homem de estatura mediana, cabelos e olhos castanhos claros e um nariz estranho, como se tivesse uma bola na ponta. Além de tudo, tinha uma pinta no rosto do lado esquerdo. Ele trajava um *smoking* preto, com as lapelas cravejadas de diamantes, e estava ladeado por duas mulheres, uma loira e outra morena, lindíssimas e bem maiores do que ele. Era o marquês de Campo Grande, que imediatamente foi em direção a Dom Mocelin de braços abertos dizendo:

— Dom Mocelin, boa noite, vim aqui perder um pouco da minha fortuna. Desse jeito, em uns dois mil anos, ficarei pobre.

Reis ouviu a tudo, levantando a sobrancelha esquerda e cerrando os olhos com ar de desaprovação.

Por sua vez, Dom Mocelin respondeu de forma sarcástica:

— Marquês, acredito que tenha errado em suas contas. Pela sua fortuna, acredito que levará uns dez mil anos para ficar pobre.

O marquês de Campo Grande abriu um sorriso e começou a rir sozinho:

— Dom Mocelin, você é muito engraçado.

E olhando para os seus acompanhantes, o marquês emendou:

— Vocês não acham?

Logo todos os seguranças e as duas mulheres começaram a rir de forma forçada e fazendo sinais de concordância.

Dom Mocelin, aproveitou a deixa e apresentou Reis:

— Marquês, este é um cliente nosso, muito especial, professor Reis. Ele quer lhe falar.

— Mas Dom Mocelin, o que um professor pode querer de mim? Dar-me algumas aulas? Como fazer fortuna, por exemplo? — respondeu com ar de deboche.

Reis aproveitou o momento e disse, blefando:

— Marquês de Campo Grande, apesar de professor, sou pecuarista no Maranhão e tenho várias cabeças de gado. Tenho, inclusive, algumas parceiras com o visconde Esdras Rodrigues.

Reis lembrou-se que havia lido que um dos maiores pecuaristas do Brasil depois do marquês era o visconde Esdras Rodrigues.

O marquês não esperava essa resposta. Ele sabia que seu concorrente era um homem de respeito e, se Reis era parceiro de negócio, com certeza ele deveria ter dinheiro. — Muito bem professor, o que deseja de mim?

Levantando-se, Reis abotoou o paletó do *smoking* e aproximou-se do marques dizendo de forma muito séria:

— Eu quero comprar o Átila.

O marquês ouviu impassível, inclinou a cabeça levemente para a esquerda e respondeu sorrindo, virando-se para o seu segurança de maior estatura:

— Átila, ele quer te comprar.

O segurança apenas abriu mais os olhos com certo ar de quem não estava entendendo nada.

Reis emendou:

— Marquês, esse Átila não será páreo para as minhas vacas!

Dom Mocelin, chocado, arregalou os olhos, e virou o corpo para Reis.

Nesse instante, o marquês começou a rir e disse a Reis.

— Gosto de seu jeito. Bom, professor, se o senhor é do ramo, sabe que o Átila é o melhor reprodutor da raça *Red Angus* do mundo e seu preço é proporcional à sua fama.

Reis sacudiu a cabeça concordando e, de chofre, fez uma oferta.

— Estou disposto a pagar R$ 10 milhões pelo Átila.

Dom Mocelin arregalou os olhos novamente.

Era um cifra muito alta, mas o marquês balançou a cabeça e respondeu, virando-se de costas para Reis:

— Não, professor. Não quero vender o Átila. Vamos deixá-lo na minha fazenda.

Reis arriscou e fez nova oferta:

— R$ 25 milhões em ouro!

A palavra "ouro" deixava o marquês de Campo Grande alucinado. Ele até havia financiado uma expedição pela Amazônia, para localizar a misteriosa cidade "Z", uma espécie de eldorado brasileiro, baseando-se nas pesquisas do coronel britânico Percy Harrison Fawcett. A expedição teve o mesmo destino do coronel britânico: desapareceu em plena mata amazônica, sem deixar rastros. Reis ouvira falar que, na realidade, a expedição não tivera sucesso e o marquês teria mandado matar a todos.

Nesse ínterim, o marquês virou-se para Reis, mas, quando ia pronunciar algo, foi interrompido por um dos homens que o acompanhavam. Era um sujeito alto, careca e muito magro, com olhos castanhos miúdos escondidos num óculos de aros redondos. Ele se aproximou do patrão e lhe falou algo no ouvido, totalmente inaudível, mostrando-lhe em seguida a tela de seu *smartphone*.

Reis não compreendeu o que estava acontecendo, mas o suposto segurança careca era, na realidade, o secretário do marquês de Campo Grande. E sem que ele soubesse, o que ele mostrou ao marquês foi uma imagem de Reis devidamente processada digitalmente e com sua real identificação: agente do Serviço Secreto Imperial.

O marquês parou, coçou a cabeça e, olhando para Reis, disse:

— Professor, amanhã pela manhã esteja no Aeroporto Santos Dumont na capital Imperial. Um jato de minha frota particular irá levá-lo à minha fazenda na província do Mato Grosso. Não se preocupe com quem procurar. Apenas esteja lá.

Dirigindo-se a Dom Mocelin, o marquês bradou com sua voz muito estridente:

— Muito bem, Dom Mocelin, vim aqui para jogar. Minha sala pessoal está pronta?

Dom Mocelin fez um gesto com o braço, chamando de forma insistente o gerente do cassino. Logo apareceu um sujeito alto, magro e também vestindo *smoking*, ao qual Dom Mocelin ordenou:

— Abra a Sala de Jogos Púrpura para o senhor marquês... e sem limite de apostas!

Assim, o marquês seguiu o gerente de Dom Mocelin e lá se foi com seu séquito para o Salão Púrpura.

Sem saber que havia sido descoberto, Reis, agora mais relaxado, tomou mais um gole de seu espumante e convidou Dom Mocelin para sentar-se e beber, pedindo mais uma taça para o *barman*.

— Bom, meu amigo, sua ajuda foi enorme. Vamos ver se o marquês topa vender o Átila. Refiro-me ao touro, é claro!

Dom Mocelin, riu com um sorriso meio amarelo e fez sinal negativo com o dedo indicador da mão direita ao *barman* e pediu:

— Espumante hoje não. Depois dessa conversa, prefiro meu *Alma Viva* 2006.

O dono do Quitandinha sentou-se ao lado de Reis, retirou os óculos e lhe disse, apoiando uma das mãos em seu ombro.

— Reis, eu te conheço, você é um sujeito muito simpático, bom cliente e, por isso, eu te advirto, cuidado, o marquês é um homem muito perigoso. Ele tem o "dedo da morte"!

Reis estranhou aquele comentário, principalmente quanto ao "dedo da morte", mas imaginou que se tratava de uma figura de linguagem, contudo, logo ele descobriria que era uma expressão em seu sentido literal.

No meio das pessoas no salão, surgiu uma bela mulher loura, num vestido longo dourado, com as vestes a farfalhar, abraçando dom Mocelin dizendo docemente:

— Bebê, apresente-me ao nosso convidado.

Dom Mocelin fez a apresentação pedida.

— Lu, este é o professor Reis de quem lhe falei muitas vezes. Ele é o primeiro professor milionário que conheço. Acabou de oferecer R$ 25 milhões por um boizinho.

E dirigindo-se a Reis:

— Esta é minha esposa Luilna, aquela que me suporta por décadas — disse rindo.

Os três engataram uma longa conversa, acompanhada de inúmeras garrafas de espumantes, vinhos tintos e brancos. E lá se foi a noite.

# CAPÍTULO VI

No dia seguinte, Reis rumou para o aeroporto Santos Dumont, na Capital Imperial, utilizando o mesmo helicóptero que o trouxe, mais uma cortesia do "Fuinha". Sua cabeça latejava. Ele sabia que seu gosto por beber e a capacidade de sorver grandes quantidades de bebidas alcoólicas lhe cobraram um preço: seu fígado.

O barulho do helicóptero o deixou aturdido e ele só conseguia lembrar de seu médico, Dr. Kemp, lhe falando: "Desse jeito você não vai durar muito. Seu fígado parece uma manteiga! É esteatose hepática!"

Ao chegar ao Santos Dumont, Reis dirigiu-se à entrada principal da ala velha do aeroporto e aproveitou para admirar os painéis de Cadmo Fausto inaugurados em 1951. Distraído com as artes, Reis ouviu seu nome ser chamado por uma voz feminina bem sensual:

— Senhor Reis, eu presumo.

Era uma mulher que não tinha mais de trinta anos. Alta e de cabelos pretos, vestia um uniforme de aeromoça impecável azul e branco. Seu perfume invadia o ar.

E ele respondeu jogando todo o seu charme.

— Eu mesmo. Encantado com tanta beleza. Aliás, Chanel número cinco.

— Como? — respondeu ela.
— Sim. Chanel número cinco. Eu nunca me engano.
— Acertou, senhor Reis. Esse tipo de faro não é muito comum aos homens — disse ela, inclinando levemente o rosto.

Reis respondeu à sua moda:
— Para um cão de caça como eu, o faro é super importante.

A bela aeromoça até gostou do galanteio, mas controlou suas emoções e logo retomou o tom formal.
— Acompanhe-me, senhor Reis. O jato do marquês de Campo Grande está aguardando.

Ele a seguiu atravessando todo o aeroporto até os hangares particulares. Lá, Reis encontrou o belo jato executivo Gulfstream G650. Uma aeronave que deveria custar uns 65 milhões de dólares.

Ao chegarem, o copiloto pegou a mala de Reis e fez sinal para que entrassem na aeronave. Reis imediatamente cedeu lugar para que a aeromoça subisse e aproveitou para admirar o quadril dela, falando em voz alta.
— Que beleza. Bem arredondado.

A aeromoça se virou e Reis imediatamente remendou:
— Este jato é realmente uma beleza.

Reis estava "atacado" naquele dia, mas atento ao que acontecia.

Sentou-se e imediatamente foi-lhe servida uma taça de seu espumante preferido.

Reis aceitou e olhou para a taça pensando que, no mínimo, nela havia um sedativo. Mas ele sabia que devia se comportar como se de nada desconfiasse. Bebericou o espumante e, logo em seguida, sentiu sonolência e tudo apagou.

Meio zonzo, Reis acordou com a aeromoça fitando-o e lhe falando com voz doce e irônica:
— Teve bons sonhos?

Ao fazer menção de levantar, sentiu uma leve dor de cabeça e a claridade da porta aberta da aeronave incomodou-lhe um pouco a visão, mas isto não o impediu de responder também com ironia:

— Alguns espumantes nos fazem sonhar.

Ele se ergueu da poltrona e titubeou um pouco, pois sentia leve tontura. Na porta da aeronave, Reis encontrou o comandante e comentou:

— Comandante, excelente voo.

E virando-se para a aeromoça, Reis arrematou:

— Foi tão tranquilo o voo, que até dormi por todo o tempo.

Ao sair, face à claridade do dia ensolarado, Reis demorou um pouco para reconhecer o local, mas logo percebeu que à frente dele havia um Boeing 767 novo em folha, estacionado num miniaeroporto com *finger* e tudo.

Nesse momento, o comandante falou ao pé do ouvido de Reis. "Esse Boeing é o avião particular do marquês. Este jato aqui só atende aos visitantes dele. Seja bem-vindo à maior fazenda do mundo!"

Quando desceu do jato, Reis logo foi interceptado por dois homens com ternos pretos e óculos escuros. Em seguida, dois utilitários *Land Rover* pretos vieram e rapidamente pararam ao lado da escada do jato.

Reis foi conduzido ao primeiro veículo e ficou sentado entre dois outros homens, ambos com os mesmos trajes, ternos pretos e óculos escuros. Tentou puxar uma conversa, mas o silêncio foi sua resposta.

# CAPÍTULO VII

Os veículos contornaram o mini aeroporto do marquês e seguiram por uma estrada pavimentada e com cercas brancas. De ambos os lados havia, com certeza, milhares de cabeças de gado a perder de vista. Algo grandioso.

Logo os dois veículos chegaram numa imensa área gramada com uma pista oval de corrida de automóveis. Uma espécie de *Daytona*. No centro da pista estava o marquês de Campo Grande e várias pessoas, entre elas duas belas mulheres, uma negra e outra de pele clara e cabelos ruivos, ambas com saias curtíssimas, e o secretário dele.

Ao descer do veículo, Reis foi recebido com uma saudação na voz estridente e anasalada do marquês.

— Seja bem-vindo, professor Reis. Tenho a certeza que fez um voo tranquilo que o fez dormir.

— Marquês, o senhor, além de ser um homem astuto é um vidente, ou pelo menos um homem bem-informado.

Caminhando até Reis e encarando-o, o marquês alisou a lapela do paletó do visitante, dizendo-lhe em voz mais baixa:

— As coisas acontecem sempre como eu prevejo, de um jeito ou de outro. Mas, agora vamos tratar de negócios. O senhor está aqui para comprar o Átila. Então vou lhe fazer a seguinte proposta: vamos disputar uma corrida de carros. Se o senhor ganhar, eu lhe darei o Átila pela metade do preço de sua proposta feita em Petrópolis. Se perder a corrida, bem, o senhor me pagará R$ 15 milhões e não levará o Átila. O que acha?

Reis afastou-se do marquês, olhou em sua volta e disse:

— Eu aceito sua proposta, mas, para disputarmos uma corrida, precisamos de carros.

O marquês deu um leve sorriso, sacou seu *smartphone* do bolso da calça e digitou alguns números. Imediatamente o chão passou a tremer e uma parte do gramado começou a subir mediante gigantescos braços hidráulicos. Logo em seguida, como surgidos do nada, de lá saíram dois automóveis Subaru WRX STI, um na cor verde e outro azul, que estacionaram ao lado de Reis. Dos automóveis, saíram seus pilotos, ambos de uniforme cinza, com capacetes cinza e óculos escuros. Um deles se posicionou ao lado de Reis e permaneceu inerte.

— Meu estimado amigo, agora estamos prontos. O meu empregado ao seu lado vai levá-lo lá embaixo, para que você possa trocar sua roupa por um macacão de corrida — disse o marquês.

Reis fez um gesto para o piloto para que ele fosse à frente, e ao passar pelo marquês, disse:

— Aguarde que vou colocar uma roupa mais apropriada para o nosso encontro.

O outro, irritado, apenas girou os olhos, olhando para o alto e fez sinal para que sua *entourage* se afastasse, o que foi imediatamente cumprido.

Reis percebeu que as ordens do marquês eram cumpridas com muita disciplina, mas parecia que todos tinham muito receio dele. Mas, receio do que? Esta era a pergunta que ecoava na sua cabeça ao descer pela rampa.

Conforme foi descendo a rampa, os olhos do agente especial foram se acostumando ao escuro e começaram a lhe dar uma exata dimensão daquele local. Parecia uma grande garagem levemente iluminada com uns 50 carros esportivos de diversas marcas: Ferraris, Lamborghinis, Mercedes, McLarens, Audis, Subarus. Enfim uma infinidade de carros velozes.

Vendo aquele arsenal de veículos, Reis comentou com o piloto que ia à sua frente:

— Essa frota mostra que o marquês tem pressa!

Mas o seu comentário ecoou pelo ambiente sem qualquer resposta.

O piloto do marquês parou, apenas esticou o braço e, com o dedo indicador, mostrou a Reis uma porta. Ele abriu a porta e encontrou um belíssimo vestiário todo em concreto aparente, bem iluminado com armários de aço polido e um banco de madeira de lei.

Um dos armários estava aberto e, em sua porta, havia um macacão vermelho e, dentro dele, uma sapatilha de piloto, bem como um capacete. Ele olhou tudo com cuidado e percebeu que o vestiário tinha câmeras. Pegou o capacete dentro do armário verificou que, nele, havia um microfone acoplado. Então pegou o microfone e falou em tom jocoso:

— Um, dois, três, testando.

Nisso, um dos dois seguranças da central de monitoramento da fazenda do marquês, que assistiam Reis pelas câmeras do vestiário, fez ao outro um sinal com a mão girando o dedo indicador, dando a entender que o agente não "batia bem" da cabeça.

Reis sabia o que fazia. Mostrava que tinha consciência de estar sendo monitorado. Passados alguns instantes, ele saiu da garagem subterrânea vestindo o macacão e com o capacete embaixo do braço, mas tomando o cuidado de manter seu celular no bolso, sem que as câmeras registrassem esse fato.

Logo ele viu que o marquês também havia trocado de roupa, só que seu macacão era dourado. *Que bichona!*, pensou.

O marquês, batendo as mãos no capacete, logo falou:

—Bem professor Reis, vamos iniciar nossa corrida. Os carros são exatamente iguais. Não haverá vantagem para ninguém. Pode escolher o carro que melhor lhe convier.

Reis apontou para o carro verde e caminhou para o veículo.

O marquês dirigiu-se para o carro azul e disse a Reis em voz alta.

— Vamos nos comunicar pelo microfone dos capacetes. Eu dou a largada. Se me permite, é claro.

Ambos entraram nos seus respectivos veículos e ligaram os motores. O som era ensurdecedor. Eram carros preparados com motores com mais de 300 cavalos, sem silenciadores.

Reis e o marquês dirigiram os carros até uma linha larga e branca na pista. Os carros ficaram emparelhados: Reis do lado direito da pista, e o marquês, do lado esquerdo. Este olhou para Reis, fez sinal com a mão esquerda levantando três dedos e falou ao microfone:

— Contarei até três para largarmos, ganhará quem conseguir chegar na frente após dez voltas.

Reis balançou a cabeça mostrando que havia entendido. Ele sabia que podia superar o marquês, pois tinha tido muita experiência em perseguições com carros, mas achava que o seu anfitrião ia lhe fazer alguma surpresa.

O marquês começou a contar:

— Três, dois, um e já!

Saíram os carros. O marquês pegou a dianteira e Reis colou no carro dele, esperando a hora apropriada para ultrapassá-lo.

Eles fizeram a primeira volta, ambos em altíssima velocidade, passando pela larga linha branca. Quando Reis pensou em ultrapassar o marquês, ele sentiu um solavanco no seu carro e imediatamente olhou para o espelho retrovisor. Eram mais três carros iguais ao dele, emparelhados, tendo um deles cutucado a traseira do seu veículo. Logo Reis ouviu pelo capacete a voz do marquês:

— Coloquei mais três pilotos, para deixar nossa corrida mais disputada.

Logo em seguida, novamente um dos carros bateu na sua traseira. Os outros dois carros o ladearam, batendo cada um deles na sua lateral. Primeiro o carro da direita e, depois, o carro da esquerda, fazendo-o diminuir o ritmo.

Reis logo respondeu ao marquês:

— Acho que eles estão disputando quem primeiro me transformará em ferro-velho.

— Meu amigo, divirta-se. Veja se consegue escapar desses meus pilotos — respondeu rindo.

As colisões continuaram e Reis fazia o que podia para se manter na pista.

Foram sete voltas em que ele era massacrado pelos três pilotos e ainda tinha que aturar o marquês cantando *Nessun Dorma*, uma ária da ópera Turandot.

Reis, uma hora, falou:

— Está insuportável!

O marquês ao ouvir, logo exclamou:

— Então você desiste!

— Da corrida eu não desisto. O que não dá para suportar é essa sua música.

O marquês fechou a cara e fez um bico com os lábios.

Decidido a dar um jeito naquela situação, Reis pisou firme no freio e o carro atrás colidiu com força, a ponto de parar e fazer muita fumaça, saída do capô do motor. O carro de Reis ficou muito amassado atrás, mas não comprometeu a sua dirigibilidade.

Logo, Reis acelerou com toda a força que o veículo dispunha, fazendo com que os outros dois veículos viessem ao seu encalço, um de cada lado. Esperou que ambos ficassem ao seu lado e, quando eles vinham juntos, um de cada lado para prensá-lo, ele freou bruscamente. Com a parada do veículo de Reis, os outros dois carros colidiram, pois nada mais havia entre eles. E pior, esses dois pilotos acabaram juntos colidindo com o terceiro carro que havia abalroado a traseira do carro de Reis e que estava na pista. Sorte de Reis.

Com a colisão dos três veículos, estes interromperam a pista, fazendo muita fumaça e deixando destroços espalhados por toda a parte, o que impedia de se ter a exata dimensão de um espaço para passar. Num momento em que, brevemente, a fumaça mudou de direção, Reis percebeu que, do lado direito superior da pista, havia a possibilidade de passar com seu carro e assim o fez, partindo ao encalço do carro do marquês.

Reis acelerou ao máximo e aproximou-se do carro do marquês, que começou impedir a ultrapassagem. Aliás, o marquês acabou demonstrando que tinha também habilidade ao volante. Reis tentou ultrapassar primeiro pela direita, depois pela esquerda e novamente pela direita, mas não obteve sucesso. O marquês comportava-se como se adivinhasse cada um dos seus movimentos.

Era a última volta que faziam, quando um dos carros batidos explodiu gerando uma grande fumaça que impedia a visão de ambos. Mas Reis tinha na memória que, na volta anterior, havia o espaço na parte superior da pista, que permitia que ele passasse sem bater nos veículos colididos. Fato que era desconhecido pelo marquês, já que a colisão havia ocorrido atrás dele.

Reis abriu pela direita e acelerou com tudo. O marquês ia tentar impedi-lo de ultrapassar, quando percebeu que teria que atravessar a fumaça na pista, sem saber exatamente onde estavam os carros colididos. Ele suou frio. Chegou a posicionar o pé direito no acelerador, mas o medo o fez desistir, fazendo com que pisasse no freio, dando passagem a Reis, que passou incólume pelos veículos colididos.

Ensandecido por ter perdido a corrida para Reis, pois não admitia perder, o marquês deu um cavalo de pau na pista e retornou para a entrada da garagem subterrânea. Reis deu a volta na pista e trouxe seu carro para o mesmo local em que estava o seu oponente.

O marquês desceu do carro, bateu a porta, atirou o capacete para um dos pilotos de uniforme cinza e começou a andar em sentido dos veículos colididos.

Naquele instante, os empregados do marquês estavam tentando apagar o fogo e prestar ajuda aos pilotos. Os três foram colocados no gramado e estavam recebendo os primeiros socorros por dois homens que pareceriam ser paramédicos.

Atrás do marquês, caminhava em passos rápidos seu secretário e a *entourage* de segurança. Reis não conseguiu compreender o que falavam pela distância, mas ouviu uma frase dita pelo marquês em alto e bom som:

— Esses pilotos foram uns incompetentes e vocês sabem o preço pela incompetência.

Reis percebeu que o secretário tentou argumentar em voz baixa, mas cessou suas palavras ao ver que o patrão tirara seu *smartphone* do bolso do macacão dourado. Mais do que isto, fez sinal aos demais empregados para que parassem de segui-lo, fazendo um gesto com a cabeça de forma negativa. O agente especial também notou que aquele *aparelho* tinha algo em especial e então se lembrou que seu *smartphone* lhe permitia obter dados digitados em outro telefone.

Como todos os empregados do marquês estavam olhando ou para ele ou para os veículos em chamas, Reis aproveitou a oportunidade, sacou seu *smartphone* e o direcionou para marquês, acionando o aplicativo *hacker*. Logo apareceu na tela do telefone de Reis a seguinte senha MC666. Era a senha de acesso do celular do marquês.

Reis continuou observando tudo. O marquês pegou no pulso esquerdo de cada um dos pilotos que estavam aturdidos, observando como se estivesse lendo algo. Em seguida começou a digitar em seu telefone e, num ato teatral, apertou uma única tecla. Logo os três pilotos começaram a tremer como se tivessem levando um choque elétrico e ficaram totalmente inertes. Os dois paramédicos, estupefatos, assistiram a tudo e baixaram a cabeça, começando a recolher seu equipamento.

Evidente que Reis percebeu que os pilotos haviam morrido. Agora ele compreendia a expressão dita por Dom Mocelin: "esse homem tem o 'dedo da morte'".

O marquês voltou-se para o secretário, deu-lhe algumas instruções e, logo sem seguida, entrou em um dos utilitários de sua equipe de segurança, partindo com o veículo em disparada.

O secretário veio ao encontro de Reis e lhe disse em voz baixa:

— O senhor será levado à sede da fazenda, para almoçar com o marquês, oportunidade em que ele lhe entregará o certificado de transferência do touro Átila.

Um segurança pegou no braço de Reis e fez sinal para que ele entrasse num dos utilitários de cor preta. Reis entrou no veículo, que partiu em direção à sede da fazenda.

# CAPÍTULO VIII

Ao chegar à sede da fazenda, Reis deparou-se com uma imensa mansão em estilo colonial americano. Era algo grandioso. Uma casa de dois andares toda em tijolos à vista e gigantescas colunas brancas.

Na entrada, um mordomo o aguardava. Pediu que Reis o acompanhasse e fez sinal para um outro serviçal carregar a mala. Subiram por uma escada de mármore branco, com passadeira vermelha, para o andar superior da casa, que tinha um imenso corredor, com inúmeros cômodos. Reis começou olhar os quadros que estavam no corredor. Aquilo parecia mais uma galeria de arte. Na realidade, lembrava a Reis o Museu do Prado, de Madri: Matisse, Rembrandt, Goya, rascunhos de Da Vinci, obras de preço inestimável.

O mordomo parou em frente a uma porta com fechadura eletrônica. Digitou um código, a porta destrancou e ele a abriu, com todo o cuidado.

— Senhor, esta é sua suíte. Voltarei em trinta minutos para levá-lo ao almoço com o marquês.

Era um ambiente muito refinado. Uma bela cama, conjunto de estofados, escrivaninha, tudo em estilo inglês. O espelho estava centralizado na parede oposta da cama. Reis então pegou seu *smartphone* e acionou a visão por infravermelho e logo constatou que havia duas pessoas no quarto ao lado assistindo a tudo.

Procurou o banheiro da suíte, viu um roupão e o pegou. Foi até o espelho e nele pendurou o roupão aberto. Antes, porém, olhou fixamente para o espelho e sorriu, sacudindo levemente a cabeça de um lado ao outro. Era o seu recado de que sabia o que estava acontecendo.

Em seguida, voltou-se para a porta da suíte e tentou em vão abri-la. Ele já imaginava que a porta somente se abriria no retorno do mordomo.

Passada meia hora, Reis ouviu o mordomo bater à porta e autorizou-o a abrir e entrar. Com toda a classe, abriu a porta e comunicou a Reis que o almoço estava à mesa.

Reis já havia trocado de roupa. Trajava um blazer azul marinho, camisa azul e calças cáqui. Sempre elegante.

O almoço estava sendo servido na varanda da casa.

À mesa já estava sentado o marquês e, às suas costas, em pé, seu secretário e dois seguranças. Ao seu lado, também de pé, estava um homem com feições asiáticas, provavelmente chinês, que lhe falava ao ouvido. Ele usava um jaleco branco. Mas Reis percebeu que o sujeito do jaleco tinha um crachá de identificação de nível radioativo, do tipo que é usado nas usinas nucleares.

Reis achou estranho. O que estaria armando o marquês?

Ao aproximar-se da mesa, o dono da casa fez sinal com a mão para o sujeito do jaleco sair e convidou Reis para sentar-se do lado oposto ao seu.

Logo um *sommelier* veio à mesa e mostrou a Reis uma garrafa de um *Bourgogne Blanc* 2010 Joseph Drouhin, fazendo sua recomendação:

— Como teremos frutos do mar e já conhecemos suas preferências, sugiro este borgonha.

— É, pelo jeito das coisas, aqui todos me conhecem muito bem.

O marquês não perdeu a oportunidade:

— Correríssimo, Prof. Reis, ou melhor, agente Reis. Ninguém entra em minhas propriedades sem que eu saiba exatamente quem seja e o que deseja. Seus superiores foram tolos em imaginar que eu não terei feito *back-up* dos arquivos do Serviço Secreto Imperial, quando fui primeiro-ministro. Tolos!

Reis não alterou seu semblante e o marquês continuou.

— Eu sei que você veio bisbilhotar meus negócios. E, para isso, inventou essa história da compra do Átila. Agente Reis, você é ousado, mas pagará um preço muito caro por isso.

— Bom, imagino que vá usar o seu *smartphone*, como fez com os pilotos lá na pista — respondeu em tom jocoso.

— Que pena. Meu *smartphone* não funciona com você, mas apenas com meus subordinados — informou o marquês, com tom de lamentação.

Nesse momento, o secretário abaixou a cabeça com a expressão de lamento.

Continuou o marquês, sacudindo o *smartphone* em sua mão direita:

— Você é um homem curioso e observador. Eu vou te contar o que tenho em minhas mãos. Este aparelhinho emite um sinal, que aciona uma cápsula eletrônica instalada na medula óssea de cada empregado meu e de seus familiares próximos. Essa cápsula emite choques elétricos e é abastecida por uma microbateria. Cortesia de uns cientistas asiáticos, que eu conheço. Cada um dos meus empregados tem um código estampado no pulso. Basta eu digitar o código e decidir o que quero: atordoamento, desmaio ou a morte dele e de seus familiares. Eu decido e pronto.

Reis logo interferiu naquela demorada exposição:

— Daí a alcunha de "dedo da morte".

O marquês fechou o semblante, respirou fundo e continuou sua funesta explicação, como se aquilo não fosse algo incrível.

— Agente Reis. "Dedo da morte" é uma expressão muito forte. Digamos que seja um processo de correção e eliminação de ineficiência.

Reis revidou:

— Adolf Hitler aprovaria.

— Não queira me comparar. Aquele idiota foi vencido na guerra. Eu não nasci para perder. O senhor me fez perder o apetite, mas eu vou dar a informação que tanto procura.

O marquês procurou se acalmar. Levantou-se da cadeira e começou andar de um lado para o outro da varanda, iniciando sua exposição, como se estivesse ministrando uma aula:

— Agente Reis. Neste final de semana, a Família Imperial será extinta. Todos acreditarão que foi uma tragédia. Digamos uma fatalidade do destino. Somente ficará vivo o neto caçula do imperador, o príncipe Carlos.

Reis, ainda sentado, com as mãos cruzadas, e botando os pés na mesa, fitando os olhos no marquês perguntou:

— Mas em que isto o ajudaria?

— Agente Reis. Pense. Eu serei o regente do príncipe Carlos. O parlamento vai me nomear para o cargo. Já gratifiquei os políticos de sempre. A oposição será mínima, já que o primeiro-ministro e sua bancada no Parlamento, juntamente com a Família Imperial não estará mais por este mundo.

Ainda andando de um lado para o outro da varanda, o marquês começou a discorrer sobre seu plano:

— Como regente, eu terei no mínimo dez anos para comandar o Brasil. A maior parte dos políticos estarão comprados, ou coagidos ou, se for o caso, enviados às pressas para o outro mundo. Meu primeiro ato será vender a Companhia Petrolífera do Brasil aos concorrentes internacionais, exigindo é claro, uma polpuda comissão dos interessados. Depois venderei os dados das reservas do pré-sal. Aqueles dados que o Serviço Secreto Imperial está procurando. Somando tudo... O marquês parou, olhou para o alto, coçou o queixo e vaticinou: — Vou me tornar, de longe, o homem mais rico do mundo.

Caminhando em direção a Reis, o marquês empurrou os pés dele para fora da mesa dizendo:

— Você é um desaforado e, agora, vai ganhar o que merece. Uma viagem, é isto, uma viagem para o "oriente eterno" a passos largos.

Virando-se para os dois seguranças, o marquês anunciou o destino do visitante:

— Levem este senhor para voar e, no caminho, por favor, joguem-no na selva. É o que merece esse abusado.

Reis não esboçou reação. Tranquilamente levantou-se, esticou o blazer e com muita tranquilidade falou ao marquês:

— Bom, já que vou viajar para o "oriente eterno", gostaria apenas de seguir devidamente trajado.

O marquês não acreditou no que ouviu. Caminhou em direção a Reis, com a mão direita pegou na lapela do seu blazer e alisou o tecido com os dedos polegar e indicador, falando mansamente:

— Na minha opinião, você está muito bem vestido, para o destino que lhe ofereço.

— Até para a morte se tem que ter elegância. Gostaria de vestir o meu costume preto. Digamos que é o último desejo de um condenado — disse Reis, jocosamente, retirando a mão do anfitrião da sua lapela.

O secretário do marquês assistia a tudo, incrédulo. Ele sabia que em outras situações o seu patrão surtaria, mas incrivelmente, nesse caso, ele se mantinha calmo.

O marquês se afastou de Reis, olhou para o secretário e para os seguranças, que já estavam com suas pistolas apontadas para Reis, e lhes disse mansamente:

— Não vou negar um último pedido a um condenado. Levem-no ao quarto para que se troque e, depois, para o aeroporto e, por gentileza, livrem-se dele, sem falhas.

Reis não teve nem tempo de esboçar qualquer reação. Os dois seguranças o pegaram e o imobilizaram, praticamente carregando-o para dentro da mansão.

Depois de alguns minutos, Reis saiu do quarto trajando um terno preto. Os seguranças procuraram observá-lo bem. Um deles inclinou a cabeça, vasculhou-o com os olhos da ponta da cabeça aos pés e decidiu revistá-lo inteiro. Ao final, disse ao colega:

— Tem louco para tudo — exclamou, já pegando no braço esquerdo de Reis de forma firme. —Ô, futuro defunto elegante, vamos andando que não temos muito tempo.

Reis seguiu quase empurrado, escoltado por quatro homens. Foi colocado num utilitário Land Rover preto, ladeado por dois seguranças, rumo ao aeroporto. Lá, o agente especial foi conduzido para o mesmo jato que o trouxera, sendo pressionado escada acima.

Ao entrar na aeronave, o agente especial não perdeu a oportunidade. Dirigindo-se ao comandante:

— Por favor, uma passagem de ida e sem volta na primeira classe. Pode usar a minha milhagem.

Com um empurrão, foi jogado na primeira poltrona disponível. Em seguida, um dos seguranças o prendeu à poltrona com uma espécie de cinto de segurança gigante, que o envolvia na altura dos ombros, imobilizando-o.

— Pronto para a primeira classe — disse, baixo, o segurança em seu ouvido.

— Até na primeira classe as poltronas estão apertadas ultimamente.

O jatinho começou a taxiar e, logo, decolou em sentido norte. Reis prestava total atenção em tudo o que ocorria na aeronave. Ele já percebera que seria jogado em plena floresta amazônica.

Passados 90 minutos, com a aeronave a uma altura de 4 mil metros, o comandante anunciou pelo sistema de som:

— Podem despachar a encomenda.

Imediatamente o seguranças soltaram Reis. Mas ao tentaram erguê-lo, ele os empurrou e, antes que o pegassem, disse:

— Não será necessária violência, vou seguir tranquilo para o meu destino — disse, calmamente, já se dirigindo à porta dianteira da aeronave, que já começava a ser aberta.

Os seguranças entreolharam-se meio incrédulos, pois não sabiam se era uma demonstração de coragem ou pura loucura de Reis que, após dar uma olhada para fora, antes de saltar, disse em voz alta:

— *Au revoir*.

Após o salto, os seguranças correram para a porta e viram-no flutuando no ar e desaparecendo. Um deles falou aos demais:

— Fecha essa porta e vamos embora. Menos um louco no mundo.

Caindo vertiginosamente, Reis rapidamente tirou o paletó e prendeu as mangas em cada um dos bolsos de seu colete. Em ambos havia uma espécie de um minigancho. A operação criou uma espécie de teto para seu corpo. Sempre olhando para baixo e para seu relógio, que já começava automaticamente a funcionar como altímetro uma gentileza de um ourives de Genebra, ele começou a puxar um zíper no forro do paletó. Para essa etapa, ele necessitou de uma enorme força, pois o vento fazia com que o paletó ficasse distante, impedindo-o de pegar o fecho do zíper. Na primeira tentativa, Reis não conseguiu. Tentou mais uma vez, mas também não deu certo e sua queda continuava.

Quando já estava próximo de 1.500 metros de altura, o agente especial, numa última tentativa, conseguiu pegar o fecho e abrir todo o zíper, que por sua vez soltava o forro. Imediatamente, de dento do paletó, abriu-se um paraquedas negro, puxando—o para cima. Sua roupa era o tal do equipamento de voo sobre o qual "M" e "B" haviam se referido.

Respirando aliviado, Reis começou a manobrar o paraquedas, para encontrar um local seguro para pousar. Naquela imensa floresta, ele viu uma pequena praia ao lado de um rio e procurou dirigir-se para lá. Posou nas areias daquela prainha e rapidamente enrolou o paraquedas negro, escondendo-o na mata.

Depois sentou-se naquela prainha para se recompor, enquanto olhava para o rio.

# CAPÍTULO IX

Após recuperar o fôlego, Reis afrouxou a gravata e passou a pensar nas pretensões do marquês. Sentia-se terrivelmente incomodado, pois já era final da tarde de sexta-feira e o marquês havia dito que a Família Imperial seria exterminada no final de semana. E ele, que poderia alertar toda a segurança imperial, estava no meio da floresta amazônica, perdido, sem qualquer meio de comunicação.

Olhou para um lado do rio, olhou para o outro e não viu viva alma, aliás, não viu sequer animais. Contudo, logo começou a ouvir um ruído muito distante de motores de barcos. Levantou-se e tentou determinar de onde vinha o ruído. Pensou que, eventualmente, poderiam ser pescadores locais, que poderiam levá-lo a um vilarejo, para que pudesse alertar o Serviço Secreto Imperial.

No entanto, Reis foi surpreendido: eram duas lanchas da Marinha Imperial. Feliz com a constatação, começou a agitar os braços e as embarcações vieram ao seu encontro. Ele retirou os sapatos e as meias e pôs-se a nadar em direção às lanchas.

Ao chegar à primeira lancha, um braço foi-lhe estendido, para ajudá-lo a subir e uma voz o saudou:

— Comandante Reis, bem-vindo a bordo. Sou o Comandante Guedes. Estou aqui por ordens do almirante Mesquita, para ajudá-lo no que for necessário.

Embarcado, logo um marinheiro veio cobri-lo com um cobertor e lhe deu um copo de café. O comandante Guedes sentou-se ao seu lado.

Depois de agradeceu ao comandante Guedes, Reis falou:
— Como me acharam neste fim de mundo?
— Nós o estávamos monitorando desde a província do Rio de Janeiro, via satélite, e perdemos seu sinal quando ingressou na fazenda do marquês de Campo Grande. Acreditamos que o marquês tenha um sistema sofisticado, que bloqueia qualquer espécie de transmissão. Contudo, quando o senhor estava voando, ao sair dos limites da fazenda do marquês, o seu sinal foi localizado novamente e eu fui encarregado do seu resgate.

Reis tomou um gole de café e indagou:
— Comandante, há algum meio de contatar o almirante Mesquita com urgência?

O oficial fez sinal a um sargento, que rapidamente trouxe uma espécie de *tablet*. Ele fez vários comandos na tela e rapidamente apareceu a imagem do almirante Mesquita.

Reis assistia a tudo com muita atenção e levantou as duas sobrancelhas, espantado com a habilidade do comandante com os comandos digitais.

Depois de saudar o almirante, o comandante Guedes entregou o *tablet* a Reis, que logo iniciou o diálogo:
— Almirante, descobri que, neste final de semana, o marquês cometerá um atentado visando matar toda a Família Imperial, exceto o príncipe Carlos. Haverá algum evento que reunirá toda a Família Imperial neste final de semana?

O almirante, meio que surpreendido, fez um sinal com a mão para Reis aguardar.

Imediatamente, o contra-almirante Frias, imediato do almirante Mesquita apareceu na tela e falou, com sua tradicional tranquilidade:

— Comandante Reis, boa tarde! Amanhã haverá um baile na Ilha Fiscal em homenagem ao príncipe Tesheiner da Suécia. A Família Imperial estará presente, exceto o príncipe Carlos, face à sua tenra idade.

Em seguida, o almirante Mesquita voltou à tela e instruiu Reis:

— Reis, o comandante Guedes vai levá-lo à Base Aérea de Corumbá e um caça vai levá-lo até a Capital Imperial. Vamos esperá-lo na Base Aérea de Santa Cruz. Enquanto isso, vou contatar o general, que é o responsável pela segurança do baile amanhã, e também o primeiro-ministro.

Reis respondeu afirmativamente e a conexão foi finalizada.

O comandante Guedes ditou ordens para o timoneiro e as lanchas começaram a subir o Rio Miranda em sentido a Corumbá, e então deu as orientações para Reis.

— Comandante, agora só lhe resta trocar de roupa e observar a paisagem. Vamos fazê-lo chegar a Corumbá em segurança.

Em seguida, as lanchas começaram a aumentar a velocidade e partiram para seu destino.

Já era noite quando chegaram à Base Aérea de Corumbá. Reis foi levado rapidamente para a sala dos pilotos, e enquanto vestia o uniforme de voo, viu entrar no recinto o coronel Pinheiro, da Força Aérea Imperial, que o cumprimentou, e logo falou abertamente:

— Comandante, não sei quem é o senhor, apenas sei que raramente alguém passeia em avião de caça por estas bandas. Acredito que sua missão seja muito importante, pois recebi ordens diretas do primeiro-ministro e do brigadeiro Kiyohara. — O major aviador Palazzo vai levá-lo até a Base Aérea de Santa Cruz. Aproveite para conhecer o nosso mais novo caça. Boa missão, comandante!

Reis foi para pista e lá encontrou a aeronave militar pronta para decolar. O major Palazzo cumprimentou-o e, em seguida passou a conferir se os mísseis do avião estavam bem fixados.

Os ajudantes de pista colocaram Reis no *cockpit* do caça. Reis olhava tudo com atenção. Fazia muito tempo que ele não voava em uma aeronave militar daquele tipo. E aquela era nova em folha: era o primeiro caça brasileiro de última geração construído pela Brasiler, a terceira maior fabricante de aviões do mundo, um orgulho para todo o império. Era a mais alta tecnologia.

O comandante Palazzo entrou na aeronave e pediu autorização para decolar, que foi imediatamente concedida.

— Comandante, em 40 minutos estaremos no nosso destino. O senhor está acostumado a voar nesse tipo de aeronave?

— Major, somente no tempo da Academia Naval Imperial. Minhas caças atuais buscam apenas objetivos com duas belas pernas — respondeu Reis, enquanto ajustava a sua máscara de voo.

Palazzo riu e passou informações para a torre de comando, dando início à decolagem em rápida ascensão. Reis sentiu o corpo ser empurrado contra o banco da aeronave, sentindo um leve desconforto.

E lá seguiu a aeronave para a província do Rio de Janeiro.

Após 40 minutos, pontualmente, a aeronave pousou. Na pista já estava o almirante Mesquita, o contra-almirante Frias e dois automóveis.

Antes de descer da aeronave, Reis bateu no ombro do major Palazzo e disse:

— Major, muito obrigado. Sempre gostei de voos diretos e sem escalas.

O major riu novamente e caprichando no tom de voz respondeu:

— Agradecemos sua preferência por voar pela Força Aérea Imperial.

Após Reis descer da aeronave, o almirante Mesquita aproximou-se do agente especial e lhe disse:

— Vamos comandante, entre no carro. Vamos atualizá-lo de tudo o que conseguimos descobrir.

O veículo saiu em alta velocidade. No trajeto, o almirante Mesquita pediu ao contra-almirante Frias para iniciar o *briefing* a Reis:

—Comandante, o imperador exigiu a presença de toda a Família Imperial no evento de amanhã, pois deseja prestigiar o príncipe Tesheiner e a princesa Adriana. Ele entende que o príncipe foi imprescindível para a celebração do acordo de transferência de tecnologia, que permitiu construir o caça em que o senhor viajou. O imperador foi avisado do risco de um atentado, mas ele se mostrou irredutível. Disse que não cederia a nenhuma ameaça.

O contra-almirante fez uma pausa, olhou para o almirante e observou:

— O imperador disse, ainda, que se o senhor estivesse por perto, nada aconteceria com ele e sua família. É, comandante, parece que o imperador confia muito no seu "taco".

Reis até pensou em fazer uma piada, mas desistiu da ideia, pois o almirante Mesquita era um homem muito sério e não admitia qualquer espécie de brincadeira. Contudo, o almirante mudou o semblante, colocou a mão na testa, balançou a cabeça e começou a rir baixinho dizendo: — Eu já imagino o que pensou. Você é incorrigível desde a Academia. Bom, Reis — brincou, o que deixou o contra-almirante espantado. — Mas a situação é grave. Estamos tomando todas as medidas de segurança possíveis. O espaço aéreo num raio de 25 quilômetros está proibido. Aviões de caça farão a vigilância em todo o entorno. Nós teremos duas fragatas com mísseis GWS25 Sea Wolf com alcance de 300 quilômetros. Cinco mil homens farão a segurança.

Reis franziu a testa e disparou:

— Tudo isto o marquês já espera. Ele deve estar preparando um ataque local e não a distância, pois sabe que conseguiríamos impedir um ataque com mísseis. Muito menos ele tentará um ataque com tropas. Seria loucura e de logística complicada. Eu não sei...

Olhando para o teto do automóvel, Reis passou a mão no queixo e exclamou:

— Só pode ser uma bomba instalada no local.

O contra-almirante logo respondeu:

— Veja bem, não pode ser uma bomba por dois motivos. O primeiro, porque já revistamos a Ilha Fiscal e seu entorno e nada encontramos. Segundo, porque o marquês de Campo Grande confirmou a presença no evento.

Reis não se deu por satisfeito. Ele sabia que o marquês era muito inteligente e ele estava determinado em seu plano, mas afinal, o que ele tramava?

Enquanto o agente especial pensava tentando encontrar uma resposta, o automóvel parou no Guinle Palace Hotel. O motorista do veículo abriu a porta para o almirante Mesquita que, antes de sair, disse-lhe:

— Aproveite para descansar. Mandei buscar roupas adequadas para o evento de amanhã. O convite, as credenciais e seus documentos estão na suíte, além da pistola e munição.

— Faça o melhor.

Seguindo para a portaria do hotel, Reis foi interceptado pelo *conciérge*, que, ao vê-lo, disparou:

— Bem-vindo, professor Reis. Em tão pouco tempo, duas visitas.

Olhando para o uniforme de voo de Reis, o *conciérge* prosseguiu:

— Vejo que o senhor arranjou um traje verde. Hum! Diferente, bem descolado. Típico de um homem de bom gosto e moderno como o senhor.

Reis sacudiu com a cabeça como se estivesse concordando com toda aquela *mise-en-scène* e seguiu para o balcão da recepção, onde recebeu das mãos do gerente as chaves da suíte, com uma observação:

— A suíte de sempre, já devidamente reservada, sem a necessidade de *up grade*. Parece-me que a agência de viagens acertou desta vez.

Reis agradeceu, pegou as chaves e pediu uma garrafa de espumante *Chandon Excellence* 2005 e a melhor sugestão que o Pimentel tivesse para jantar. No que foi atendido imediatamente.

Ele jantou e bebeu no quarto, mas sua mente estava absorvida em tentar descobrir como o marquês mataria toda a Família Imperial.

Já quase começando a madrugada, o cansaço o venceu. Dormiu no sofá e a taça de espumante caiu ao seu lado. Vazia, é claro. Para desespero do Dr. Kemp.

# CAPÍTULO X

Sábado, dia 21 de maio, 19 horas. Reis chegou à entrada da Ilha Fiscal, bem antes do horário marcado para a festa. Vestia seu elegante *smoking* com gola de seda italiana. O traje de noite de reserva, que o Ferrari guardara para ele, roupa que ele gostava de usar e que lhe caía muito bem. Sentia-se um Cary Grant de *smoking*.

Ao ser abordado pela segurança da Marinha Imperial, apresentou suas credenciais. Imediatamente o fuzileiro naval prestou-lhe continência e autorizou sua entrada, anunciando-o pelo *walkie-talkie*.

Ele entrou naquele pequeno castelo verde em estilo de gótico-provençal.

O salão, vasto, belíssimo e centenário, ainda estava vazio. A cada baile ou festa ali, os republicanos diziam que era o último da monarquia brasileira.

Os funcionários tomavam as últimas providências. O piso recebia os últimos retoques de limpeza e as flores eram arranjadas nos inúmeros vasos. A orquestra afinava os instrumentos.

Passados alguns instantes, um sargento fuzileiro naval procurou Reis e pediu que ele o acompanhasse. Saíram do prédio e seguiram para um imenso caminhão. Do lado esquerdo do veículo havia uma escada que dava acesso à carroceria. O sargento pediu a abertura da porta pelo *walkie-talkie*. A porta abriu por dentro e o sargento lhe fez sinal para entrar.

Reis subiu a pequena escada e entrou na carroceria, que era, na realidade, a central móvel de segurança do Exército. Repleta de telas de computadores e monitores com inúmeras imagens do local e suas cercanias. Vários militares e alguns civis estavam trabalhando. Entre eles, o coronel Barroso, que conversava com o general Bastos, responsável pela segurança do evento.

O coronel Barroso virou-se para Reis e já lhe tascou uma instrução:

— Reis, boa noite. Fique aqui. Eu quero você por perto.

O agente especial respondeu afirmativamente com um aceno e, enquanto isso, tentava não perder nenhum detalhe. Ficou procurando uma tela que apresentasse a imagem do salão, para que pudesse observar as inúmeras pessoas que chegavam ao evento.

Quando o marquês de Campo Grande foi anunciado, o coronel Barroso exclamou:

— Reis, se o marquês plantou uma bomba aqui, provavelmente ele está querendo ir junto pelos ares.

Ele nem respondeu. Sabia que o marquês armava algo. Mas o que estaria planejando? Esta era a dúvida que assolava a sua mente.

Por volta das 20 horas deu entrada a Família Imperial. O imperador, a princesa Cristina, o príncipe herdeiro Luiz e sua esposa, a princesa Carolina e seus dois filhos maiores: príncipes Augusto e José. Apenas não estava o pequeno príncipe caçula: Carlos.

Atento a tudo, Reis sabia que era um grande evento, e tão raro, que toda a Família Imperial estava presente, além de altas autoridades, como o primeiro-ministro Felipe Humberto Cordeiro, o presidente do Supremo Tribunal de Justiça, o jovem Adib Casseb, e sua esposa Juliane, entre muitas outras.

Reis pensava na hipótese de que se todos morressem, evidentemente que seria o caos. O país ficaria acéfalo.

Às 21 horas chegou o homenageado da festa, príncipe Tesheiner da Suécia e sua esposa, a princesa Adriana, que era da Família Imperial brasileira.

Nesse exato momento, adentrou na central móvel de segurança uma jovem, que apresentou-se a ele como a agente "H". Reis não resistiu:

— Muito prazer. Mas atenção, lugar errado! Aqui não é o jardim de infância.

A mais nova agente do serviço secreto riu de volta, falando:

— Agente Reis, o senhor sempre brincando. Sou especializada em questões de política interna. Trabalho com "M" e "B".

Ela foi interrompida pelo coronel Barroso:

— Agente "H", você já tem a lista dos ausentes?

Com um *tablet* na mão a jovem informou:

— Faltaram 24 convidados, todos membros do Parlamento.

— Por acaso são os parlamentares que apóiam o marquês? — interrompeu Reis.

A agente "H" respondeu afirmativamente com a cabeça.

O coronel Barroso veio ao encontro dela, pegou o *tablet* e começou a ler o texto, caminhando em sentido ao general Bastos.

Reis logo percebeu que sua idéia de uma bomba não era absurda. Era claro que se algo acontecesse lá, os políticos que apoiavam o marquês não poderiam morrer. Ele se levantou e ficou de olho na tela do monitor em que aparecia o marquês.

Por intuição, Reis virou a cabeça para o lado e viu o marquês aparecendo num outro monitor. Ele achou que era a imagem de outra câmera, mas logo percebeu que o local do salão é que era diferente. Na realidade, em localização diametralmente oposta. Reis olhou para o primeiro monitor. Olhou para o segundo e logo percebeu que o marquês havia trazido um sósia. Mas como saber quem era o legítimo marquês e quem era o sósia? Observando rapidamente uma imagem e a outra, ele logo descobriu: o marquês era aquele que estava com o famigerado *smartphone* do "dedo da morte". Olhou com mais atenção, para ver quem estava por perto e ele viu a princesa Cristina logo atrás do marquês, como se o estivesse seguindo. Ela trajava um vestido de festa bordô e cinza com um vistoso colar de rubis emoldurando seu colo. Era realmente uma belíssima mulher.

Na realidade, a princesa Cristina circulava pelo salão e, por acaso, cruzou duas vezes com o marquês. Na primeira, ele a cumprimentou fazendo seus tradicionais comentários estapafúrdios e, na segunda vez, ele nada falou, o que não lhe era comum. Depois ela cruzou mais uma vez com o marquês. Virou-se para trás e viu o marquês do outro lado do salão também. Mas como? Dois marqueses de Campo Grande? No entanto, sempre bem-humorada, pensou: *Um já é demais, imagine dois!*

Ela, como Reis, percebeu que o marquês tinha trazido um sósia na festa. E então decidiu seguir um deles. Estava seguindo o verdadeiro sem saber. Até que percebeu que ele, discretamente, se retirava da festa, deixando seu sósia só para despistar o Serviço Secreto Imperial e toda a segurança militar.

Ao sair do castelo verde da Ilha Fiscal, o marquês percebeu que estava sendo seguido. Rapidamente procurou um lugar para se esconder. Virou no primeiro corredor e escondeu-se no escuro. Sacou sua pistola de resina, especialmente construída para não ser detectada pelos detectores de metal.

Quando a princesa Cristina passou pelo corredor, o marquês a agarrou, apontou a arma para o seu abdômen e lhe disse em voz baixa:

— A senhora sempre se metendo onde não deve. Vou lhe dar um destino diferente dos demais.

A princesa tentou reagir, mas o marquês apertou o cano da pistola contra o seu corpo, e lhe falou baixinho:

— Quieta mocinha! Você vai servir como uma garantia para mim.

Ele a arrastou para o píer da Ilha, onde havia uma lancha o esperando. Eles entram na lancha, que partiu rapidamente na escuridão.

Reis, na central móvel de segurança, percebeu que tinha que agir e não poderia ser da forma como trabalhava o coronel Barroso. Já estava partindo em direção à porta da central de segurança, quando este exclamou:

—Aonde vai, comandante?

— Vou fumar lá fora — respondeu.

O coronel Barroso sacudiu a cabeça aquiescendo e virou-se para olhar um dos monitores. Contudo, passados alguns instantes, ele olhou para o general Bastos e falou em voz alta:

— Maldito Reis. Ele não fuma.

A essa altura, o agente especial já estava dentro do salão tentando encontrar o marquês. Ao caminhar esbarrou num militar em uniforme de gala e pediu desculpas. Mas o rosto daquele homem lhe era familiar, era Danimar.

Reis voltou, colocou a mão em seu ombro e disse:

— Parabéns, Danimar. Você deve ser o mais novo general do Exército Imperial!

Danimar abriu um sorriso e cumprimentou Reis de forma entusiástica:

— Reis, meu amigo, achei que você havia se aposentado.

— Pois é... Você viu o marquês de Campo Grande? — respondeu, olhando para os lados.

Danimar percebeu a agitação do agente especial, e isso era sinal que estava em missão e respondeu:

— Ele está na posição a 8 horas.

Reis virou a cabeça para o lado direito na posição indicada por Danimar e logo encontrou o marquês. Na realidade o sósia.

— Este não serve.

Danimar não entendeu bem o que estava acontecendo, mas arriscou perguntar:

— Posso ajudar?

— Sim. Venha comigo — respondeu Reis, resolvendo aceitar ajuda.

Eles saíram do salão. O agente especial começou a olhar para os lados. Logo sua visão concentrou-se no *Tamandaré*. Era um dos três porta-aviões nucleares classe *Poseidon* construídos nos estaleiros do Brasil. Era uma belonave de aproximadamente 300 metros de comprimento e de 60 mil toneladas. O Brasil havia sido a segunda maior Marinha de guerra do mundo no século XIX. No século XXI era a terceira mais bem-equipada e treinada no mundo. Participara das duas grandes guerras mundiais e garantira a paz no hemisfério sul do planeta. Esses novos porta-aviões eram as naves capitânias da Marinha Imperial brasileira.

Nesse momento, Danimar virou-se para Reis e lhe disse:

— Você está ouvindo esse ruído de helicóptero?

— Sim. É um EC 725 *Super Cougar*. Aliás, pelo barulho devem ser dois.

— Estranho! Transporte de Tropas com o espaço aéreo fechado? Algo está acontecendo.

O marquês espertamente mandou cobrir os dois helicópteros com uma tinta especial, que transformava as aeronaves em objetos imperceptíveis a ondas de radar, uma vez que as absorvia. Uma tecnologia russa, moderníssima, que contrabandeara a peso de ouro. Na hora, Reis fez a seguinte associação. Na fazenda do marquês, ele viu um homem com jaleco branco e com um crachá de controle de radiação. Portanto, o marquês provavelmente pretendia usar algo radioativo. O porta-aviões *Tamandaré* era uma belonave de propulsão nuclear com dois reatores. Ora, se uma bomba atômica tática fosse detonada no porta-aviões isto explodiria os reatores da embarcação e todo o paiol, que continha mísseis nucleares táticos. Isso devastaria boa parte da capital imperial, inclusive a Ilha Fiscal. E tudo pareceria um lamentável acidente.

Estava claro para Reis que aqueles helicópteros levavam tropas e uma bomba nuclear tática. Ele parou e coçou a testa tentando imaginar o que fazer e disparou para Danimar:

— Danimar, preciso chegar ao *Tamandaré* imediatamente.

— Reis, é possível, mas você terá que pedir autorização para o general Bastos, que está no comando da segurança. E ainda tem o Barroso! — respondeu, meio assustado.

Nesse ínterim uma sombra se aproximou deles, dela emergindo o onipresente almirante Mesquita em seu uniforme de gala.

— Diga, Reis, o que descobriu?

Reis rapidamente explicou tudo ao almirante Mesquita.

Ele ouviu tudo atentamente, e pelo seu telefone ordenou ao interlocutor:

— Comandante, envie dois pelotões de operações especiais para desembarque imediato no *Tamandaré*. O comandante Reis irá com vocês. Enviem um dos helicópteros para o heliporto da Ilha Fiscal.

O almirante Mesquita desligou o telefone e fez o seu *briefing*:

— Em 10 minutos teremos dois pelotões gaúchos, os meus melhores homens à sua disposição, Reis. Vou falar com o Bastos e o Barroso, para inteirá-los a respeito e desbloquear o espaço aéreo.

O agente especial partiu para o heliporto e, atrás dele, foi Danimar. Percebendo que o amigo o seguia, falou:

— Onde você pensa que vai?

— Reis, não enche. Eu vou para te ajudar. É muito provável que você precise de um bom *sniper*.

Reis sabia que Danimar era o melhor atirador das forças imperiais e um dos melhores do mundo. E sabia também que o amigo há muito tempo queria ação, pois nos últimos anos, ele somente lecionava na academia do Exército Imperial e tinha se tornado o diretor.

— Ok. Mas por favor, sem atos de heroísmo — aceitou, apertando ainda mais o passo.

Ao chegarem ao heliporto da Ilha Fiscal, conseguiram avistar os dois helicópteros negros ao longe. Um foi se aproximando e logo pousou. Os dois se abaixaram e rumaram para a aeronave, sendo recepcionados pelo comandante das unidades. Ele falava rápido e muito alto por causa do ruído das hélices.

— Suba, comandante Reis. Eu sou o major Bicca.

Quando Danimar foi subir no helicóptero, o major fuzileiro Bicca o impediu, sem tê-lo reconhecido.

— General, desculpe, mas tenho ordens de somente levar o comandante Reis.

Reis interrompeu o major:

— Major, deixe o general subir. Tenho a certeza que ele vai ser útil. Ele não é da Marinha Imperial, mas sabe atirar um pouco.

O major conseguiu ver melhor de quem se tratava e mudou de idéia dizendo:

— General Danimar, não o havia reconhecido — desculpou-se o subalterno.

Logo o major virou-se para Reis e alertou:

— Comandante Reis, é sua responsabilidade.

Reis respondeu afirmativamente com um sinal de cabeça. Em seguida, o major deu ordem ao piloto para decolar.

Na decolagem, o co-piloto recebeu uma mensagem de rádio e fez um resumo da situação:

— Comandante Reis, o almirante Mesquita informa que o espaço aéreo está livre. O general Bastos ordenou a imediata evacuação da Ilha Fiscal. O coronel Barroso conseguiu contato com a tripulação de vigia do *Tamandaré*. Eles estão sob ataque das tropas que desceram no convés de pouso e não vão resistir por muito tempo. São muitos homens atacando, e fortemente armados. A ponte de comando e de controle de armas foi lacrada a tempo e não existe risco de eles utilizarem as defesas do porta-aviões contra nós.

Ao final das informações do copiloto, o comandante Bicca emendou:

— Bom, mas nada impede de que eles tenham um lançador de foguetes portátil.

— Aí é que entra o general Danimar e sua excelente mira — disse Reis, aproveitando para justificar a presença do amigo.

— Mas precisamos manter alguma distância para não sermos localizados e abatidos — retrucou Bicca.

Era o momento de saber de Danimar as reais possibilidades.

— General, qual a distância que você precisa para atingir um alvo no convés de voo?

Danimar olhou para o fundo da aeronave e viu um sargento fuzileiro com fuzil Barret modelo M82 A, calibre

12,7x99mm OTAN (.50 BMG). Virando-se para Reis e apontando para o fuzil, ele afirmou:

— Com aquele fuzil, acredito que consigo acertar o alvo à noite a uma distância de 2.500 metros.

— Perdoe-me general, mas é impossível — contestou o major Bicca.

Para finalizar a divergência, Reis esticou o braço ao sargento fuzileiro e falou:

— Sargento, me dê o fuzil.

Pegando a arma, Reis entregou-a a Danimar e disse ao comandante Bicca:

— Comandante, vamos dar uma chance ao general.

Bicca aquiesceu, com um sinal de cabeça.

Danimar pediu ao piloto para estabilizar o helicóptero a uma distância de 2.500 metros do *Tamandaré*. O sargento pegou seus binóculos com visão noturna e rastreou todo o convés do Tamandaré e informou a Danimar onde estavam os alvos: eram dois homens, um em cada ponta do convés de voo, sendo o primeiro na popa, e o outro na proa, ambos portando lançadores de foguetes portáteis MSS 1.2 de alcance de 3.200 metros.

Danimar pediu um apoio no ombro de outro sargento e posicionou o fuzil. Utilizando a mira telescópica com visão noturna do armamento, localizou os alvos. Ele sabia que atirar em alvos estáticos e de dia era uma coisa. Outra coisa bem diferente era atirar de um helicóptero num alvo num convés de um porta-aviões que, naturalmente, oscila. Pela sua cabeça até passou que, eventualmente, o major Bicca tivesse razão. Era praticamente impossível acertar alvos naquelas condições. Danimar começou a suar frio. Passou o dedo várias vezes sobre o gatilho do fuzil.

Reis percebeu que o general estava nervoso. Ele sabia que Danimar era o melhor, mas percebeu que seu amigo sentia o peso da responsabilidade da situação e do grande desafio que enfrentava. Se errasse o tiro, rapidamente descobririam os helicópteros da Guarda Negra e eles seriam facilmente abatidos.

Reis rompeu o silêncio que imperava na pequena aeronave:

— General. Vá em frente, você é o melhor.

Danimar, prendeu a respiração. Olhou fixamente para o primeiro alvo e acionou o gatilho.

Em seguida o sargento fuzileiro com o binóculo proferiu o resultado:

— Alvo abatido.

Nem bem o sargento concluiu sua frase, Danimar abateu o segundo alvo.

Reis bateu nas costas de Danimar e falou:

— Eu não disse? Você é mesmo o melhor.

Danimar enxugou a testa. Entregou o fuzil ao sargento fuzileiro e se sentou soltando o ar do peito.

— General, hoje o senhor fez o impossível! — cumprimentou-o o major Bicca com um aperto de mão.

Virando-se para o piloto, o comandante ordenou que as aeronaves pousassem no convés de voo do *Tamandaré*. Aproximando-se do porta-aviões, os artilheiros dos dois helicópteros iniciaram uma série de rajadas de tiros, em direção às tropas do marquês, para permitir o desembarque dos pelotões.

Ao pousarem os helicópteros, os homens do major Bicca começaram a descer. Bicca pegou duas pistolas e as entregou a Reis e a Danimar e disse:

— Senhores, por favor, deixem que meus homens façam o que tem de ser feito. Fiquem na retaguarda.

Reis e Danimar pularam do helicóptero e correram pelo convés, pulando atrás da bolha, ou seja, o controle de catapultas. Não era das melhores barricadas, mas era o que se tinha, já que o convés estava totalmente vazio.

O agente especial olhou ao longe e viu que, na popa, atrás dos helicópteros estava o marquês e mais uma pessoa. Ele fez um grande esforço com os olhos para tentar reconhecer quem era, uma vez que no convés havia pouca iluminação. Quando uma granada explodiu no convés, o clarão fez Reis descobrir quem estava com o marquês. Era a princesa Cristina.

Reis logo falou a Danimar:

— Danimar, me dê cobertura. Vou para a popa salvar uma pessoa que se meteu onde não devia.

Danimar fez sinal positivo, mas quando ia perguntar quem estava em perigo, não houve tempo suficiente. Reis já saíra de trás da bolha. A Danimar só restou dar um série de tiros para dar cobertura ao amigo.

Reis começou a atravessar o convés do *Tamandaré*, da proa à popa, a bombordo. Aproveitou o momento em que os homens da Guarda Negra estavam encurralando os mercenários do marquês. Contudo, ao passar em frente da torre de comando, ele percebeu que os mercenários do marquês estavam entrando na torre e levando algo pesado numa caixa de metal escura. Com o grupo, estava o mesmo homem que ele havia visto na fazenda do marquês com o jaleco branco e o crachá de controle de radiação.

Reis estava certo. Era a bomba nuclear tática, mas ele tinha que salvar a princesa Cristina primeiro. Sacudiu a cabeça e continuou a correr em direção aos dois helicópteros do marquês situados na popa. Quando chegou ao local, ele não conseguiu encontrar nenhum dos dois. Porém, contornando as aeronaves que estavam a estibordo, ouviu em bom e alto som:

— Muito bem, comandante. Você deve ter alma de gato. Sobreviveu à queda do avião sem paraquedas e agora está aqui atrapalhando meus planos — disse o marquês, dando em seguida dois tiros de sua pistola em direção a Reis, que contudo foi mais rápido e escondeu-se atrás do helicóptero.

Ao perder Reis de vista, o marquês e se distanciou mais dos helicópteros, seguindo em direção à ponta da popa do *Tamandaré*. Ele foi andando de costas, segurando a princesa Cristina pelo pescoço com o seu braço esquerdo.

A princesa gritava:

— Reis, mate-o! Não se preocupe comigo. Esse louco vai destruir toda a capital imperial com uma explosão nuclear.

O marquês apertou mais o pescoço dela com o seu braço esquerdo e com o direito apertava a pistola contra a sua cabeça. Em dado momento, gritou:

— Apareça, Reis, ou eu mato a princesa!

Reis saiu de trás do helicóptero com as mãos ao alto, mas com a pistola na mão direita.

— Largue a arma! — advertiu o marquês.

Reis jogou a arma em sua direção, e este a chutou para longe, fazendo-a cair fora do convés de voo, a bombordo.

O marquês então quis aproveitar a oportunidade para se vangloriar perante o agente especial:

— Apesar de todo o seu esforço, mesmo com a interferência da Guarda Negra, eu vou conseguir o meu intento e não restará nenhuma testemunha.

Percebendo que só teria chance de desarmar o marquês se desviasse a atenção dele, começou a dar "trela" ao outro.

— Antes que me mate, diga-me, como pretende sair daqui a tempo de explodir a bomba nuclear, com seus homens encurralados na torre de comando e nos conveses inferiores? Logo chegarão mais tropas imperiais. Você não terá chance.

O marquês abriu um largo sorriso. Empurrou a princesa Cristina para o seu lado esquerdo e continuou a apontar a arma para ela. Enfiou a mão esquerda no bolso esquerdo de sua jaqueta negra, e dela tirou seu *smartphone*, dizendo:

— Reis, bastará digitar um comando e eu farei todos os meus homens hibernarem, exceto o meu piloto, é claro. — Quando a bomba explodir eu já estarei longe.

Reis percebeu que o marquês estava cada vez mais perto da borda da popa e, se desse mais um ou dois passos para trás, cairia do convés do *Tamandaré*. Essa queda seria fatal. Assim ele decidiu "esticar" a conversa:

— Você então vai deixar seus homens para a morte.

O marquês sacudiu a cabeça elevando-a um pouco, mas fazendo com o braço esquerdo sinal de que a princesa estava em sua mira.

— Eles são dispensáveis. O que importa é o resultado almejado por mim. Eu serei o regente do príncipe Carlos e comandarei o Brasil por mais de uma década e serei o homem mais rico do mundo.

Reis observou que o marquês recuava a cada passo seu. Assim, deu mais um passo para frente, o marquês deu mais um para trás, muito próximo de cair do convés. Contudo, Cristina, não entendendo a estratégia de Reis, tentou fugir em direção a ele, o que fez o marquês dar um passo para a frente.

Reis, já suando frio, balançou a cabeça de um lado ao outro demonstrando sua decepção com o ocorrido.

O marquês apontou a pistola para a princesa e depois elevou a arma para cima, dando um tiro para o alto e gritou:

— Vossa Alteza fique quietinha aí. Sua hora ainda não chegou! A senhora, dona enxerida, vai comigo, pois vou atirá-la do helicóptero quando passarmos sobre a Ilha Fiscal. Quero que seu corpo seja achado carbonizado com toda a Família Imperial.

— Esqueça, marquês, a Ilha Fiscal já está sendo evacuada — avisou Reis.

— Você zomba da minha inteligência. Acha mesmo que eu não pensei em tudo? Aliás, deixe-me cuidar disso — disse rindo, em seu jeito escandaloso, enquanto pegava seu *smartphone*.

Digitou algo e parou por um instante. Teatralmente, colocou o dedo indicador na tela e uma explosão se ouviu ao longe, vindo da Ilha Fiscal. O marquês havia acionado um dispositivo a longa distância que explodiu o acesso terrestre à Ilha Fiscal e também o heliporto.

O agente especial viu o clarão na noite e, espantado, disse ao marquês:

— Mas como isso é possível?

O marquês, rindo, respondeu àquele questionamento assombrado:

— Ora, meu amigo Reis, ninguém lembrou que uma subsidiária das minhas empresas refez todo o pavimento no entorno do palácio. Simples, bastou misturar explosivo plástico ao concreto e instalar falsos olhos de gato, que na realidade eram disparadores eletrônicos alimentados por energia solar. Tecnologia asiática da melhor qualidade. Pouco dinheiro e muita eficiência.

Enquanto isso, na Ilha Fiscal imperava a confusão. O general Bastos e o coronel Barroso coordenavam a evacuação, contudo, poucos haviam saído e a Família Imperial ainda estava no local. Barroso falava alto ao *walkie-talkie*:

— Mas como houve essa explosão? Tirem o imperador e a Família Imperial pelo ar! Como? Explodiu o heliporto também? Mas que diabos! O que está acontecendo?

Ao lado, Bastos sacudia a cabeça e dirigindo-se a um subordinado disse:

— Como isso é possível? Nós reviramos essa ilha do avesso!

O subordinado apenas ergueu os ombros e depois as mãos, tão espantado como seu comandante.

O general Bastos virou-se para o coronel Barroso e disse:

— Não temos outra opção: teremos que tirar todos daqui por lanchas.

Virou-se para o subordinado e ordenou:

— Peça à Marinha o envio imediato de lanchas para resgatar todo mundo.

O coronel Barroso enxugou a testa com um lenço e sentou-se na primeira cadeira que encontrou e murmurou:

— Agora estamos nas mãos do Reis.

No convés do *Tamandaré*, o marquês ria de forma escandalosa e dirigiu-se a Reis, mas ainda apontando a arma para a princesa Cristina:

— Agora sim, tudo finalizado. A ogiva está acionada e dentro de 15 minutos estarei fora do alcance da explosão. Apreciarei o espetáculo ao longe e já amanhã, colherei os frutos dessa grande empreitada. Reis, agora chegou sua hora de sair definitivamente do meu caminho. Acredito que você vá para um lugar bem quente. Digamos infernal.

Naquele momento exato, chegava à popa do *Tamandaré* um helicóptero *Eurocopter* X3 de cor preta, o mais rápido do mundo, voava a 470 quilômetros por hora. Com certeza era o transporte ideal para o marquês rapidamente sair do raio da explosão nuclear.

Reis consultou seu relógio para calcular e memorizar o horário da explosão: 22h05min. O marquês apontou a arma para ele, pronto para atirar. Daquela distância, o agente especial não teria chance, mesmo para a mira não tão boa do marquês.

O agente especial começou a respirar mais rápido, pensando no que fazer. Quando o marquês ia disparar, a princesa Cristina partiu em sua direção, empurrando-o para a borda do convés.

O marquês não esperava essa atitude da princesa, desviou a arma para ela e acionou o gatilho. O projétil atingiu o ombro esquerdo da princesa, contudo, como ela vinha em carreira, a força do seu corpo fez com que ele caísse do convés, mergulhando no mar escuro. O impacto a fez perder o equilíbrio e quase ela também caía na água, porém a jovem conseguiu se segurar numa reentrância do convés, mas começou a escorregar.

Reis rapidamente pulou no piso para agarrar os braços de Cristina. Ele tentava segurá-la, mas ela escorregava cada vez mais. O desespero tomou conta da princesa:

— Reis, salve-me! Salve-me!

Fazendo um esforço imenso, de bruços, Reis tentava de todo o jeito se manter no piso do convés de voo, utilizando os cotovelos e a ponta dos pés como freios. Mas isto não era suficiente. Seus braços não tinham mais a força de antes e, depois de Angola, qualquer esforço maior fazia com que ele sentisse uma dor lancinante na musculatura dos braços.

Reis suava e tentava acalmar a princesa:

— Calma, eu vou salvá-la.

A princesa, ao contrário, entrava em desespero maior a cada segundo:

— Reis, eu vou morrer. Reis...

As mãos do agente especial que antes seguravam os braços, agora seguravam as mãos da princesa, que estavam cada vez mais lisas devido ao suor.

A princesa implorava:

— Pelo amor de Deus. Salve-me!

Naquele momento Reis percebeu que sentia algo a mais pela princesa. Ele não estava salvando uma pessoa, mas alguém que, de uma forma especial, "mexia" com ele.

Num esforço maior, quase além de suas forças, tomado por uma dor imensa que fazia a musculatura de seus braços queimar de forma insuportável, ele conseguiu segurar a princesa pelos punhos. Mas essa situação não poderia perdurar por muito tempo.

Contudo, o suor de Reis fazia com que as suas mãos escorregassem dos punhos da princesa. Ela gritava em grande desespero. Abaixo dela só a escuridão do mar e a certeza da morte.

O punho direito escapou da mão esquerda de Reis. Todo o peso do corpo da princesa ficou em sua mão direita. Ele não aguentava mais. Não conseguia ver a princesa, mas imaginava o desespero dela e sabia que a morte dela era certa.

Quando estava quase perdendo a mão esquerda da princesa, vários braços escuros vindos das laterais pegaram Cristina e a ergueram. Eram os homens da Guarda Negra, sempre zelando pela Família Imperial. Os soldados puxaram a princesa e a colocaram sentada no convés, quase desfalecida.

Reis sentou-se, e soltou o ar dos pulmões. Ergueu-se em seus joelhos e abraçou a princesa, que começara a chorar copiosamente em seus braços. De forma bastante carinhosa, passou a mão em sua cabeça e beijou seu rosto. Em seguida, ele alertou aos dois militares que ela havia sido atingida por um disparo. Imediatamente, um dos soldados pediu, pelo *walkie-talkie*, a vinda de um sargento enfermeiro.

O outro soldado perguntou-lhe:

— Comandante, como está?

— Provavelmente com os braços mais compridos.

Nisso, Reis ouviu alguém o chamar, era Danimar:

— Os homens do major Bicca já estão no convés do hangar, mas o combate está encarniçado. Ele me disse que precisará de reforços para eliminar os homens do marquês.

Reis levantou-se e deixou a princesa receber os primeiros curativos do sargento enfermeiro. Em seguida, disse a Danimar:

— Meu caro, não temos tempo para ajudar em nada. A ogiva explodirá em menos de quinze minutos.

Reis pediu o *walkie-talkie* de um dos soldados e solicitou que o conectassem com o almirante Mesquita.

O soldado pediu a conexão e esticou o braço entregando o aparelho a Reis, que logo falou:

— Almirante, quanto tempo levará para chegar o esquadrão de bombas?

O almirante, de dentro do central móvel de segurança, respondeu:

— Em cinco minutos.

Reis parou por um instante, baixou a cabeça e ficou pensando em como interromper o combate. Olhou o relógio, eram 22 horas. Faltavam somente cinco minutos. Enquanto pensava numa estratégia, ele viu algo reluzindo no piso do convés. Era o *smartphone* do marquês. Sem titubear, ele correu, com a intenção de acionar o dispositivo que podia atordoar os combatentes do marquês, se é que também eles tivessem a mesma cápsula no corpo como os seus demais empregados.

Àquela altura dos acontecimentos, essa era a única chance. Pegando o *smartphone* do marquês em suas mãos, ele passou o dedo na tela, que logo se iluminou com a imagem do marquês. *Mas que sujeito narcisista!* Em seguida, apareceu no visor um teclado pedindo a senha de acesso. Reis lembrava das letras MC e o *número do diabo: 666*.

Em seguida, Reis digitou MC666, a tela do *smartphone* foi desbloqueada, mostrando uma dezena de ícones. Reis olhou para todos, buscando descobrir qual deles permitiria controlar os homens do marquês. Mas o tempo passava. *Qual deles?*

Esforçando sua memória, Reis tentava lembrar algo que pudesse permitir identificar o ícone. Mas qual seria? Apesar de sua frieza, Reis começava a respirar mais intensamente. Olhou para o seu relógio e viu que faltavam quatro minutos para a detonação.

Tentava rememorar a conversa com o marquês na varanda da sede da fazenda dele. *Flashes* do diálogo vinham à mente de Reis. Quando ele se lembrou de uma frase daquele ser ambicioso e sem alma: "Agente Reis, 'Dedo da morte' é uma expressão muito forte. Digamos que seja um processo de correção e eliminação de ineficiência".

Reis fixou essas três palavras em sua memória: correção, eliminação e ineficiência e passou a buscá-las nos ícones do *smartphone* do marquês. Nada. Reis não encontrou nenhum ícone com algumas daquelas palavras. Voltou a olhar para o relógio e percebeu que tinha apenas mais três minutos.

Nesse exato instante, chegavam de helicóptero os homens do esquadrão de bombas do Exército Imperial. Reis fazia um enorme esforço mental para descobrir qual era o ícone, que lhe permitiria atordoar os homens do marquês. Até que finalmente encontrou um ícone com a sigla CE e logo pensou: *correction, elimination. É isto!*

O agente especial acionou o ícone e apareceu um teclado numérico. No canto inferior ele viu a tecla ALL. Ele decidiu acioná-la, com intenção de acessar um comando que fizesse com que todos os homens do marquês pudessem ser, de alguma forma, imobilizados. Contudo, apareceram na tela três ideogramas chineses.

Reis passou a mão na testa. —*Só me faltava esta...*

Aflito, pois o tempo escoava, Reis se virou para Danimar, e arriscou:

— Você, por acaso, fala chinês?

— Eu não falo, sinto muito...

Reis soltou a respiração e começou a pensar em que ícone tocar, pois não desejava matar todos os homens do marquês por engano, quando Danimar completou sua frase.

— ... mas sei ler um pouco.

Reis virou-se e estendeu o braço, mostrando a tela para o amigo.

Danimar olhou atentamente e disse:

— Esse ideograma em vermelho representa a morte, os outros dois eu não sei.

Logo Reis decidiu apertar um dos dois ícones representados pelos ideogramas desconhecidos. Se fosse o comando de desmaio, tudo ficaria resolvido, mas se fosse apenas o choque elétrico, este não seria capaz de imobilizar as tropas inimigas.

Porém, antes de acionar o comando, o agente especial viu Danimar levantar os braços e falar em voz baixa:

— Temos companhia.

Reis virou a cabeça sobre seu ombro e, pelo canto do olho, viu um homem baixo de roupa preta e um capuz também negro, empunhando uma pistola automática.

Naquele momento, Reis não tinha opção. Simplesmente apertou o ícone que, na tela do *smartphone*, estava acima do ideograma da morte. Se fez o silêncio. Cessou o tiroteio e o homem que os ameaçava, simplesmente despencou.

Nesse momento, no convés inferior do porta-aviões, os homens do major Bicca chegaram à bomba tática nuclear, que já estava totalmente armada e com o cronômetro próximo do zero. Um deles rapidamente desligou uma chave vermelha, que suspendeu a contagem regressiva.

No mesmo momento, Reis e Danimar correram até o desfalecido que antes os ameaçara, e quando tiraram-lhe o capuz, imensa foi a surpresa.

Era o "Fuinha".

Reis, ainda agachado, virou-se para Danimar e disse:

— O imperador tinha razão, o marquês tinha homens em todos os lugares.

Logo, vieram dois homens da tropa do Comandante Bicca, algemaram o "Fuinha", que estava em imensa torpeza e o carregaram dali.

Mais aliviado, Danimar pousou a mão esquerda no ombro direito de Reis e falou:

— Bom trabalho, meu amigo!

— Você também trabalhou bem.

# CAPÍTULO XI

Passadas algumas horas, todos os homens do marquês de Campo Grande estavam presos e colocados no convés de voo, para serem removidos para a Capital Imperial. Entre eles estava o secretário do marquês, que olhou para Reis e abriu um sorriso, sacudiu a cabeça de cima para baixo e ergueu o braço direito, como que lhe agradecendo. Talvez fosse a liberdade que obtivera, apesar de preso, pois não mais estaria sob o jugo do "dedo da morte".

Sentado no convés, Reis apreciava o lindo amanhecer daquele domingo na Baia de Guanabara. O céu escuro começava a clarear e o sol despontava a leste com seus primeiros raios. Era um belo cenário. Absorto em seus pensamentos, não percebeu quem se aproximava. Sentiu que uma mão macia acariciava sua nuca. Ele se virou e viu a princesa Cristina com uma tipóia no braço esquerdo.

Apesar de tudo, ela mantinha o bom humor. Abriu um sorriso que completou a beleza de seu rosto e disse:

— O senhor salvou a Família Imperial e toda a população da capital do Império. Todos lhe somos muito gratos.

— Alteza. Somente fiz minha obrigação.

Ela sentou-se ao seu lado e disse:

— Comandante, o imperador atenderá qualquer pedido seu.

Uma leve brisa soprava no convés. Reis aproximou-se da princesa Cristina, mantendo uma mínima distância e expressou com um leve sorriso:

— Eu sei o que vou pedir.

Com ar coquete, a princesa, por sua vez, logo indagou:

— O que o senhor deseja?

— Uma autorização dele para beijar sua filha — respondeu, colocando sua mão esquerda da nuca de Cristina.

Ela fechou os olhos, ergueu a cabeça e simultaneamente falou:

— Para isso o senhor não precisa da autorização dele.

Ele a abraçou e se beijaram ardentemente, tendo o amanhecer como moldura daquele momento.

A alguma distância deles estava o general Danimar, que a tudo assistia. *Esse Reis!*

Mas a cena romântica quase foi interrompida pelo coronel Barroso, que saía da torre de comando do porta-aviões e seguia pelo convés em direção a Reis. Contudo, como havia vários helicópteros estacionados, ele não viu o casal se beijando.

Para que o amigo não fosse prejudicado, Danimar rapidamente foi ao encontro de Barroso e pegou-o pelo braço. Virando-o em sentido contrário sem que percebesse, mostrou-se curioso.

—Coronel, por favor, me mate a curiosidade. Mas como o "Fuinha" bandeou para o lado do marquês?

E assim, Reis e a princesa Cristina, puderam se beijar tranquilamente.

# CAPÍTULO XII

Dia 3 de agosto de 2016, Rio de Janeiro, dia claro, céu de brigadeiro, estádio da Imperatriz Isabel, a Redentora, conhecido por todos como estádio do Maracanã. Data da abertura dos Jogos Olímpicos.

No camarote imperial estavam vários dignitários estrangeiros, a Família Imperial, o primeiro-ministro e muitos convidados ilustres.

Na vidraça do camarote, a princesa Cristina se encantava com o estádio lotado e a difusão de cores verdes e amarelas. Estava tudo pronto para abertura, mas faltava o imperador. Onde ele estaria?

De uniforme, irrompeu o camarote o coronel Barroso bufando. O primeiro-ministro, Felipe Humberto Cordeiro, adiantou-se em sua direção e, apoiando a mão no ombro do coronel, indagou:

— Calma, coronel, o que houve?

O coronel Barroso tirou um lenço do bolso, meio amassado, passou na testa e respondeu em voz baixa:

— O imperador sumiu.

E então, com toda a calma do mundo, o primeiro-ministro apontou o dedo para o alto, em direção ao centro da cúpula do estádio, e respondeu:

— Sua Majestade não sumiu, está ali.
Ao voltar seus olhos para o alto, Barroso viu um helicóptero *Seaking* da Marinha Imperial sobrevoando o estádio. Incrédulo, aproximou-se da vidraça e não esboçou qualquer reação.
No helicóptero estavam Reis e o imperador. Quando a porta lateral da aeronave se abriu, pôde-se ver que ambos estavam com trajes de voo e ajustavam seus capacetes, para um salto duplo, conduzido por Reis.
Apesar do barulho do motor do helicóptero, o imperador virou-se para Reis e disse:
— Imagine a surpresa de todos... eu, descendo de paraquedas para abrir os Jogos Olímpicos.
— Majestade, eu não sei onde estava com a cabeça quando concordei com isto.
O imperador, muito alegre, com um grande sorriso logo encerrou a conversa:
— Vamos Reis, pularemos no "três", Ok?
Reis apenas sacudiu a cabeça concordando com o feliz monarca.
Os dois ficaram de pé, posicionaram-se na borda da aeronave e, ao sinal do piloto, Reis gritou:
— Um, dois e três!
E ambos pularam em direção ao centro do campo do estádio. Os espectadores olhavam atônitos, mas imaginavam que aquilo fosse apenas uma imitação da abertura dos jogos olímpicos de Londres ocorrida anos antes, em que uma sósia da rainha Elizabeth II pulou de paraquedas sobre o estádio com a ajuda do seu agente mais conhecido, James Bond.
Contudo, todos perceberam que havia um grande aparato esperando o pouso daqueles dois sujeitos que pulavam do helicóptero.

O imperador acenou para o público e Reis, com muito cuidado, manejou o pouso de forma a que eles descessem bem próximo do centro do campo.

Logo vieram vários homens da Marinha Imperial para ajudar o imperador e Reis na retirada do paraquedas e dos capacetes.

E assim que o imperador tirou o capacete, e em sua direção veio o presidente do Comitê Olímpico Internacional para saudá-lo, todos perceberam que se tratava realmente do monarca.

Os espectadores se levantaram e começaram a saudar o imperador, gritando:

— Viva o imperador! Viva! Viva o imperador! Viva!

Mas, como se tratava do Brasil, logo o público começou a gritar de forma mais íntima:

— Pedroooo! Pedrooo!

O imperador, feliz da vida, acenou para todos e seguiu para o camarote imperial. Atrás dele vinha Reis, que olhou para a vidraça do camarote imperial buscando pela princesa Cristina, que lhe fez um sinal discreto, como se enviasse um beijo.

Ao lado dela estava o coronel Barroso tendo um síncope nervosa, gesticulando muito e dizendo:

— Reis, pelo amor de Deus! O imperador não! Eu vou te matar.

O primeiro-ministro apenas ria.

Noite de 3 de agosto, Guinle Palace Hotel, em plena suíte grã-luxo, na enorme porta balcão de vidro, Reis e a princesa Cristina assistiam ao enorme lançamento de fogos de artifícios na praia de Copacabana, ainda em comemoração pela abertura dos Jogos Olímpicos. Estavam incógnitos. Ele havia tomado todos os cuidados.

Ela trajava um belíssimo vestido de noite preto, todo rendado e, em seu colo, reluzia um colar de pérolas brancas do

Golfo Pérsico, magnífico, combinando com os brincos. E Reis trajava seu tradicional *smoking*.

Ele beijou os lábios da princesa e se dirigiu para o aparador da sala da suíte. Abriu uma garrafa de *Chandon Excellence* 2005, com todo o cuidado, para não prejudicar a *perlage*. Serviu o espumante com delicadeza em duas taças. Aos poucos.

Com a mão direita ele entregou a taça para a princesa Cristina e quando iam fazer o brinde, alguém bateu à porta.

Reis parou e colocou a taça sobre o aparador e pediu licença à princesa.

Ao abrir a porta, Reis viu o mensageiro do hotel que lhe falou:

— Um telegrama para o senhor!

Reis pegou a correspondência. Enfiou a mão no bolso e deu uma gorjeta para o mensageiro. Trancou a porta, virou-se para a princesa, sacudiu a cabeça de um lado para o outro, passou a mão direita sobre a borda superior do telegrama. Pegou o telegrama com as duas mãos, uma de cada lado, como se fosse rasgá-lo. Parou. Olhou para a princesa que tudo assistia. Desistiu de rasgá-lo e começou a abri-lo, mas já imaginando o conteúdo.

Ao ler a mensagem, Reis levantou a cabeça em direção à princesa, e lhe disse:

— Lamento, mas nosso encontro acaba de ser interrompido.

O motivo: uma nova missão.

Esta obra foi composta pela Spress em Minion Electra 11/15pt
e impressa sobre papel Pólen Soft 80 gr/m² e Cartão Supremo 250 gr/m² nas capas pela
Mundial Gráfica para a Linotipo Digital Editora e Livraria Ltda.,
em dezembro de 2015.